EINE SONDERBARE REISE

IRENE RICKERT

Eine sonderbare Reise
durch Zeit und Raum

Das Leben von Gitta verlief stets
in geordneten Bahnen -
bis zu ihrer Entführung

Plötzlich befindet sie sich auf einer Reise
durch mystische Sphären
im unendlichen Universum

Wo wird dieser gefährliche Weg enden?
Kann eine kleine Wolke sie befreien?

Bibliografische Information der Deutschen Nationalbibliothek: Die Deutsche Nationalbibliothek verzeichnet diese Publikation in der Deutschen Nationalbibliografie; detaillierte bibliografische Daten sind im Internet über dnb.dnb.de abrufbar.

Verlag: BoD · Books on Demand GmbH, In de Tarpen 42, 22848 Norderstedt

Druck: Libri Plureos GmbH, Friedensallee 273, 22763 Hamburg

ISBN: 978-3-7597-8515-2

Etappe I
0001

zuhause

Eigentlich war Gitta ganz normal - mittelmäßig eben - so wie die meisten Menschen. Im Grunde war alles an ihr mittelmäßig, mittelgroß, mittelschwer. Sie war gerade volljährig geworden, Ihr mittellanges Haar war mittelblond und umrahmte ein ebenmäßiges Gesicht mit hellem Teint. Im Sommer zeigten sich ein paar verlorene Sommersprossen um die Nase herum. Ihre schulischen Leistungen waren, wie sollte es auch anders sein, durchschnittlich, obwohl - eher mittelmäßig - mit Tendenz nach unten, doch es reichte, um in jedem Jahr in die nächste Klassenstufe versetzt zu werden. Und so wie es aussah, würde sie in diesem Jahr ihr Abitur schaffen. Einige ihrer Mitschülerinnen kannte sie seit ewigen Zeiten, ein paar sogar noch aus dem Kindergarten, wie das oft so ist in einer Kleinstadt. Demzufolge ging sie ziemlich gerne zur Schule. Zuhause lief ebenfalls alles gleichbleibend normal, jeden Tag dasselbe Programm. Gitta fand das gut so, denn es war äußerst bequem, und das tägliche Einerlei sorgte für eine gewisse Beständigkeit. Veränderungen jedweder Art waren ihr nämlich zuwider, und daher gefiel es ihr ganz und gar nicht, dass ihre Eltern das Anwesen von Opa und Oma am Stadtrand verkaufen wollten. Gitta verband ihre schönsten Erinnerungen mit diesem Haus und dem kleinen Wäldchen, welches dazu gehörte, hatte sie doch einen Großteil ihrer Kindheit dort verbracht. Jedoch in den letzten Wochen waren ihre Eltern oft unterwegs, weil sie mit der Räumung eben dieses Anwesens beschäftigt waren. Seit dem Tod von Opa vor zwei Jahren stand die Villa leer und sollte nun endlich verkauft werden. Allerdings lag hier der Haken, denn auch ihrer Mama fiel es nicht leicht, sich von dem alten Gebäude zu trennen. Da man das Haus aber nicht ewig leer stehen lassen wollte, hatte sich die Familie nun schweren Herzens entschieden, die Immobilie zu verkaufen. Die nächste Schwierigkeit war, passable Interessenten zu finden, wobei sich das „passable" weniger auf den Kaufpreis als auf die Person des Käufers bezog, denn Mama wollte ihr Elternhaus keineswegs in ungeeignete Hände abgeben.

Andere Aufregungen gab es nicht. Einzig Hero, der Hund von Nachbar Björn, regte ihre Mama dermaßen auf, dass sie ihn nur noch „Kläffer" nannte. Angeblich störte Kläffer permanent ihre Nachtruhe. Er musste für so manches kleine Missgeschick herhalten und war somit der Sündenbock, wenn mal das Essen angebrannt war, weil Mama beim Kochen unausgeschlafen und demzufolge schlecht gelaunt war. Dies war aber zum Glück nicht allzu oft der Fall, und so konnte Gitta sich meistens ungestört ihrer eigenen kleinen Welt widmen. Nicht einmal ein Scheidungskind war sie, so wie Karl-Heinz, der jedes Wochenende zu seinem Vater an die Küste musste. Karl-Heinz hasste seinen Vater. Gittas Eltern allerdings waren ganz normal verheiratet und lebten seit beinahe zwanzig Jahren zusammen ohne besondere Ereignisse, ohne Skandale. Außerdem genoss Gitta die Vorzüge eines Einzelkindes.

Ihre beste Freundin Malena besuchte die gleiche Klasse wie sie. Malena war vor ein paar Jahren mit ihren Eltern aus Schweden gekommen und wohnte in der gleichen Straße wie Gitta.

Und dann gab es noch die pummelige Doreen, von der man morgens vor Unterrichtsbeginn noch schnell wunderbar die Hausaufgaben abschreiben konnte, denn Doreen war Klassenbeste. Dies war überaus praktisch, und obwohl Doreen als Streberin verschrien war, hatte keiner den Mumm, sich ernsthaft mit ihr anzulegen. Gitta war also rundum zufrieden mit der Schule, mit ihrem vertrauten Elternhaus und mit dem Leben im Allgemeinen. Sie musste sich keine Sorgen machen, denn wie es nach dem Abitur beruflich weitergehen sollte, das war in ihrer Vorstellung noch weit weg. Am liebsten wäre es ihr sowieso, alles würde immer so bleiben wie es war, denn sie fand es ganz angenehm und gemütlich in dem stillen Haus irgendwo in der Mitte von Deutschland in einer verkehrsberuhigten Zone.

Doch dann kam Hella in die Klasse, strohblond und dünn wie eine Fahnenstange. Sie war einen Kopf größer als Gitta und überragte auch die meisten der anderen. Keiner wusste so recht wo sie herkam, denn sie erzählte bizarre Geschichten und kramte stets neue Versionen ihrer Vergangenheit hervor. Eines Tages war sie einfach da, und mit ihr zog das Chaos ein in den bis dahin streng geregelten Schulbetrieb.

Die Veränderung vollzog sich anfangs schleichend wie eine Katze, die sich unmerklich heranpirscht, doch kontinuierlich wie der Gong der Wanduhr im Treppenhaus. Es war unglaublich. Hella, die meisten nannten sie nur „die Neue", andere titulierten sie als „die Verrückte", war stets präsent und machte immerzu auf sich aufmerksam, egal ob während des Unterrichtes, auf dem Pausenhof, an der Bushaltestelle oder in der Stadt. Sie erweckte den Anschein, an den unterschiedlichsten Plätzen gleichzeitig aufzutauchen, völlig unerwartet. Auf einmal war sie da. Das konnte unmöglich mit rechten Dingen zugehen. Als Wiederholerin, wie sie sich gern selbst bezeichnete, hatte Hella schon weitaus mehr erlebt als die anderen in der Klasse. Damit brüstete sie sich, gab sich recht erwachsen, mitunter altklug, wusste immer alles besser und drängte sich ungefragt in den Mittelpunkt. Durch die Art und Weise, sich fortwährend ins Zentrum des Geschehens zu bringen, gelang es ihr, absonderliche Schilderungen aus einer vorgetäuschten Vergangenheit so überzeugend darzustellen, dass man hätte glauben mögen, sie existiere bereits seit hunderten von Jahren und hätte irgendwo in finsteren Klüften oder Gewölben gehaust. Selbst den Lehrpersonen gegenüber fühlte sie sich himmelhoch überlegen. Unangenehmen Fragen wich sie gekonnt aus und flüchtete sich schon mal in Widersprüche, weil sie sich offenbar nicht alle Lügengeschichten merken konnte, die sie verbreitete.

Aber warum? Bei Gitta jedenfalls war der Vorwitz geweckt, und sie wollte unbedingt herausfinden, was Hella zu verbergen hatte, denn bei ihr war so gar nichts alltäglich oder mittelmäßig. Im Gegenteil, wie ein unsichtbarer Schleier umwehte sie etwas Mystisches. Einmal in ihrem Bann, war es gar nicht leicht, wieder von ihr loszukommen. Es war wie Zauberei, denn es gelang Hella fast immer, ihr Gegenüber auszuquetschen um irgendwelche geheimen Informationen zu erfahren - die mitunter gar nicht vorhanden waren.

Selbst das Lehrpersonal blieb nicht verschont von ihren bizarren Geschichten. Dazu kam, dass sie andauernd den Unterricht durch Fragen über angebliche Besonderheiten des Lebens störte. Für manche Pädagogen wirkte schon ihre pure Anwesenheit wie ein rotes Tuch und einige nahmen sprichwörtlich Reißaus, sobald sie unverhofft irgendwo auftauchte.

Nicht so Gitta; sie fand „die Neue" faszinierend und suchte demzufolge ständig ihre Nähe. Hellas absonderlichste Flunkereien fielen bei ihr auf fruchtbaren Boden und eröffneten ihr völlig neue Welten. Sie konnte zwar nicht begreifen, was das Besondere an der neuen Schülerin war, was sie so sehr anzog, machte sich aber darüber keinerlei Gedanken. Hella war anders als die anderen, und das allein war Grund genug, sich zu ihr hingezogen zu fühlen. Und außerdem eröffnete ihr Hella den Zugang zu einem Kosmos, von dem sie bislang nichts geahnt hatte. Überdies fühlte sie sich überaus geschmeichelt, wenn Hella sich manchmal sogar nach dem Unterricht noch mit ihr treffen wollte. Darauf war sie so stolz, dass sie sogar ihre langjährige Freundschaft mit Malena vernachlässigte. Der Wandel vollzog sich unmerklich, so dass sie anfangs gar nicht merkte, wie gefährlich der Verlauf dieser Richtung für sie werden könnte. Jedoch, die neue Art der Freundschaft verfestigte sich von Tag zu Tag, und innerhalb kurzer Zeit hatte Hella es geschafft, ihr bisheriges Tun und Lassen komplett auf den Kopf zu stellen. Schneller als Gitta es für möglich gehalten hätte, war es um den Frieden ihrer heilen Welt geschehen, und sie war ihrer neuen Freundin mit Haut und Haaren verfallen.

An einem der folgenden Tage - eigentlich ein ganz normaler Tag so wie viele andere vorher, unspektakulär, mittelmäßig - lag bereits in der Frühe ein süßlicher Geruch in der Luft. Der Tag schien anders zu verlaufen als gewohnt.

Gittas Eltern hatten für den Abend ein sogenanntes Familiengespräch angekündigt, weil sie laut ihrem Papa nun „reif und volljährig" war. Gitta kannte diese Gespräche, die in früheren Jahren meistens in einem großen Spaß endeten. Später bekamen diese Familienabende stets einen besonders feierlichen Anstrich. Ihre Ungeduld aber auch die Vorfreude konnte sie daher kaum verbergen, zumal ihre Eltern diesmal äußerst geheimnisvoll taten. Sie vermutete, dass es sich um die alte Villa ihrer Großeltern handeln würde. Womöglich hatte man einen geeigneten Käufer gefunden. Eigentlich schade, fand Gitta, denn sie hatte insgeheim gehofft, eines

Tages einmal selbst in dem geliebten Haus zu wohnen. Sie vermisste immer noch den großen Garten mit den vielen Bäumen, auf denen es sich wunderbar klettern ließ.

Freilich könnte auch alles ganz anders sein, vermutete sie, doch sie stocherte im Dunkel. Deshalb löcherte sie ihren Papa solange, ihr den Grund für das Familiengespräch zu nennen, bis sie es endlich aufgab, denn sie fand lediglich heraus, dass es sich um eine - eigentlich - gute Nachricht handeln musste. „Ja, es gibt da etwas, das wichtig ist und das du wissen solltest", war das Einzige, das sie ihm entlocken konnte. Ein Geheimnis? Gitta liebte Heimlichkeiten. Wenn Papa so verstohlen etwas andeutete, war das ziemlich vielversprechend. Er hatte sie noch nie enttäuscht. Papa war großartig. Dass er nicht mehr preisgab, fiel diesem sichtlich schwer, denn normalerweise konnte sie ihm jedes Geheimnis aus der Nase ziehen. Daher blieb ihr gar nichts anderes übrig, sie musste sich bis zum Abend gedulden, was ihr ganz und gar nicht leichtfiel. Jedenfalls, so viel stand fest, mit der Villa ihrer Großeltern hatte es sicherlich nichts zu tun.
Am Nachmittag nahm die gewohnte Harmonie ein abruptes Ende, ausgelöst durch einen lauten Knall. Was war das? Komischerweise fühlte Gitta weder Furcht noch Entsetzen, obwohl sie allein war, denn ihre Eltern hatten zum x-ten Mal mit dem Immobilienmakler einen Termin in der alten Villa vereinbart. Jedoch, woher kam dieses ohrenbetäubende Getöse? Eine Explosion? Ein Gewitter im Februar? Nie und

nimmer. Es hörte sich an wie der Aufprall eines Steinbrockens. Selbst das Echo war noch schallend und nicht vergleichbar mit einem Donner. Ein- zweimal dröhnte es nach, dieser blanke Knall, doch unmittelbar danach machte sich eine gespenstische Stille breit.

Postwendend - wie fremdgesteuert - verließ Gitta daraufhin ihr Elternhaus und zog die Eingangstür hinter sich zu. Hella stand auf der gegenüberliegenden Straßenseite, so als hätte sie dort auf sie gewartet und winkte mit einem blauen Schal. Gitta freute sich sie zu sehen und lief ohne zu zögern auf Hella zu. In deren Dunstkreis angekommen verlor sie jegliches Zeitgefühl. „Komm", Hella nickte leicht mit dem Kopf und streckte ihr die Hand entgegen. Gitta kicherte und ließ sich führen. Die frostige Februarluft blies ihr die Haare ins Gesicht und sie fühlte sich so leicht und frei wie ein frisch geschlüpftes Küken. Allerdings sollte sich dies bald ändern…

Anfangs führte der Weg mal nach links, mal nach rechts. Völlig arglos trabte sie an der Seite von Hella einfach drauf los. Sie kamen an der Tankstelle vorbei, wo es nicht nur Benzin, sondern auch ofenfrische Brötchen gab. Dann kam die Fasanenallee, und danach ging es weiter geradeaus. Im gleichmäßigen Takt setzte sie einen Fuß vor den anderen. Es ging so leicht, und es kam ihr vor, als ob sich ihre Beine ganz ohne eigenes Zutun bewegten. Später folgte eine Böschung, doch dann - urplötzlich - hörte diese Straße auf - war mit einem Mal zu Ende. Unvermittelt befanden sie sich auf einer Anhöhe, auf einem Damm, den Gitta zuvor noch nie gesehen hatte. Sie schaute sich um und musste feststellen: Ein Zurück war nicht mehr möglich, denn dies war keine sogenannte Sackgasse, auf der man problemlos hätte umkehren können. Stattdessen tat sich dahinter, von wo aus sie hergekommen waren, unerwartet ein Graben auf. Das muss man sich mal vorstellen! Es ging weder nach vorne noch zurück. Hella schien das überhaupt nicht zu kümmern, und so machte sich auch Gitta zunächst keine Sorgen. Als jedoch die Dämmerung hereinbrach, frischte der Wind auf, und sie begann zu frieren. Und just in diesem Moment war Hella verschwunden - weg, einfach fort, als hätte sie die Erde verschluckt.

Alleine auf dem Hügel fühlte sich Gitta ziemlich verloren. Die Gegend um sie herum war gänzlich fremd. Wo war Hella? In ihrer Not rief sie nach ihr, lautstark und vernehmlich. In alle Richtungen hallte ihr Hilferuf. Sie lauschte. Vergeblich, denn außer ihrem eigenen Echo kam keine Antwort. Weder Hella noch irgend sonst wer schien sie zu hören. Und so bekam ihr unbegrenztes Vertrauen zu Hella erste Risse. Die Stille war beklemmend. Inzwischen war es dunkel geworden und das erschwerte die Orientierung. Schwarze Schatten warfen schemenhafte Gebilde durch die Atmosphäre und vermittelten etwas Gruseliges. Wo um Himmels Willen war sie hingeraten?

In ihrer Verzagtheit setzte sie sich auf einen runden Stein, den sie bis dahin gar nicht wahrgenommen hatte, und wartete. Auf was? Auf den nächsten Morgen? Was würde der neue Tag bringen? Würde Hella zurückkommen? Womöglich wollte das Mädchen ihr nur Angst machen, einen Schrecken einjagen? Das wäre typisch für sie, ein Abenteuer. Doch, wenn dem so wäre, Gitta biss sich förmlich an diesem Gedanken fest - was für ein übler Scherz! Sie grübelte, verbiss sich immer mehr in ihren Groll - also zuzutrauen wäre es ihr. Sie musste es ihr heimzahlen, und obwohl ihr derartige Rachegefühle bisher vollkommen fremd waren, stiegen ihr Unmut und ihre Wut auf Hella stärker an, je länger sie darüber nachdachte. Ungeschoren durfte sie jedenfalls nicht davonkommen.

Die Minuten tröpfelten dahin, und in ihren anfänglichen Ärger mischten sich Beklemmung und Verzweiflung. Mittlerweile fand sie die ganze Situation alles andere als lustig. Was sollte sie tun? Nichts! Hatte sie überhaupt eine Wahl? Sicher war es das Gescheiteste, erst mal hier auf dem Hügel auszuharren, zu warten. Auf jeden Fall musste sie wach bleiben und daher versuchte sie mit aller Kraft ihre Augen offenzuhalten. Jedoch der Schlaf war stärker - der Schlaf ist immer stärker als der Wille - und irgendwann in dieser Nacht überfiel er sie mit solcher Macht, dass sie in sich zusammensank und alle Sorgen vergas. Doch das war nicht gut.

„Kannste zaubern?" Der dünne Ton einer bekannten menschlichen Stimme bohrte sich durch Gittas Kopf bevor sie noch den Sinn der Frage erfassen konnte. Im Halbschlaf versuchte sie ihre Augen zu öffnen, doch ihre Lider waren schwer. Demzufolge verging eine ganze Weile bis sie feststellte: Es war heller Tag. Nach mehrmaligem Blinzeln erkannte sie im Gegenlicht die schmale Silhouette von Hella. Deren Augen funkelten vor Übermut. „Na, kannste nu hexen, oder nit? Könnt dir ja zeigen, wo´s lang geht."

Blitzartig war Gitta hellwach, und alles war wieder präsent: der gestrige Tag, der laute Knall, der gemeinsame Weg, ihr Zorn, ihre Hilflosigkeit. Sie wollte sprechen, doch ihre Kehle schien ausgetrocknet. Sie wollte fragen: Wo sind wir? Sie wollte sagen: Ich will heim. Automatisch bewegte sie ihre Lippen, jedoch beim Formen der Worte lag ihre Zunge wie bleiern in der Mundhöhle. Ihr Unterkiefer war gefühllos wie nach einer lokalen Betäubungsspritze beim Zahnarzt. Hella kümmerte dies nicht, sondern lachte schallend - lachte sie aus - und reichte ihr einen Becher. Das Wasser darin schmeckte nach Salz und Himbeersaft. Unmittelbar nach dem ersten Schluck des kühlen Getränkes entspannten sich ihre Kiefermuskeln, und sie fand ihre Sprache wieder. Und was sagte sie: „Gut, schmeckt gut", sagte sie und nichts weiter. Sie fühlte sich auf einmal pudelwohl. Unglaublich, aber ihr Ärger war verflogen; ihre Angst löste sich augenblicklich in Wohlgefallen auf. „Das ist Zauberwasser", erklärte Hella. „Du musst langsam trinken, nicht alles auf einmal, sonst…"

„Du redest Müll", sagte Gitta, und beendete damit diesen kurzen Dialog.

Daraufhin erst schaute sie sich genauer um und musste mit Erschrecken feststellen, dass sie sich dicht neben einer Felsenklippe befanden. Der Stein war nicht mehr da, war womöglich in den Abgrund gefallen. Sie blickte in eine tiefe Schlucht, die sich nur wenige Meter vor ihren Füßen auftat. Jählings fuhr ihr der Schreck in die Glieder, und sie trat hastig ein paar Schritte von der Böschung zurück.

Hella jedoch zeigte sich völlig ungerührt angesichts der in der Tiefe lauernden Gefahr. „Na, willste nu zaubern lernen oder nit?" Ihre Unbekümmertheit war trotz dieser Notlage derart ansteckend, dass es ihr tatsächlich gelang, Gitta ein gequältes Lachen um die Mundwinkel zu verpassen. Diese verstand die Welt nicht mehr und konnte nur irritiert stammeln: „Äh, muss ich wohl". Wieso besaß Hella eine solche Macht über sie?

Überdeutlich nahm sie ihre ausweglose Lage wahr. Sie saß in der Klemme, aus der sie sich alleine nicht befreien konnte, aber - eine Zauberin? Hella? Nein, das wäre kompletter Unsinn. Allerdings, eine Sache war glasklar: Hella hatte ihr diesen Schlamassel aufgebrummt. Sie war schuld an der Misere. Was führte sie im Schilde? Während Gitta noch darüber nachdachte, just in diesem Moment, wagte es Hella doch unverfroren von neuem, ihr den Becher zu reichen. „Trink Zauberwasser!".

„Neiiin!" wie von Sinnen bohrte sich dieser Schrei einen Weg aus Gitta heraus, und während sich ihre Gedanken drehten wie ein Kreisel, steigerte sie sich nun derart in heftige Rage, dass sie aus einem Reflex heraus Hella den Becher mit voller Wucht aus der Hand schlug. Daraufhin zersprang dieser in zwei Teile und fiel in den Abgrund.

Und so nahm das Unheil seinen Lauf…

Etappe II
0010
bei den Steinen

Während sie nämlich dem Becher hinterherschaute, sah sie sich selbst in den Abgrund stürzen. Immer tiefer sah sie sich fallen, und dieser Fall wollte nicht aufhören. Der Weg nach unten schien unendlich. Einerseits total unwirklich, nicht zu erklären, noch weniger es zu verstehen. Es hatte den Anschein, als ob fremde Mächte von ihrem Körper Besitz ergriffen hätten. Andererseits hörte sie ihre innere Stimme sagen: „Aber ich bin doch hier oben." Dessen ungeachtet musste sie mit ansehen, wie ihr Körper kleiner wurde und wie eine Marionette immer weiter abwärts fiel - bis er schließlich vor ihren eigenen Augen entschwand.
Und ihre innere Stimme wurde leiser bis auch sie verschwand.

Es war düster und feucht, und Gitta war allein. Allmählich gewöhnten sich ihre Augen an das blaue Dämmerlicht. Als sie sich ängstlich umsah, fielen ihr zuerst die im Moos eingebetteten kugelförmigen Steine auf. Sie waren akkurat nach Größen geordnet; es waren etwa neun oder zehn, und sie befanden sich in einer geordneten Reihe, von klein nach groß.
Eine schleichende Bedrohung ging von ihnen aus, nicht zuletzt ausgelöst durch ihre auffallende Gleichmäßigkeit und besonders, weil sie den Anschein erweckten, miteinander verbunden zu sein. Dieser Eindruck wurde verstärkt durch

durchgängige Einkerbungen auf den Stirnseiten, die aussahen wie Augen welche bewirkten, dass Gitta sich permanent beobachtet fühlte.

Beim genaueren Hinsehen stellte sie fest, dass es sich bei diesen Zeichen um bestimmte Ziffern handelte, welche eigentlich nur von einer menschlichen Hand stammen konnten. Gitta mochte keine Zahlen. Eine war besonders deutlich zu erkennen. Es war die 1000. Der größte Stein am Ende der Reihe trug die Ziffer 1010. Zahlen nach dem Dualsystem? Gitta hasste Binärzahlen. Hatte da jemand die Steine nummeriert? Aber wer? Es sah nicht danach aus, als ob jemals ein menschliches Wesen diese Schlucht betreten hätte. Und wenn doch? Was konnten das für Wesen sein? Gitta vermochte diesen Gedanken nicht zu Ende zu denken. Vorsichtig, meist auf allen Vieren, bewegte sie sich weiter und kam zu einem eigenartigen Busch, der blaue Beeren trug. Sie streckte ihre Hand nach diesen Früchten aus - berührte sie, aber es waren gar keine Früchte, sondern winzige Kugeln - aus Stein. Plötzlich vernahm sie ein Rascheln, eine Bewegung aus dem Unterholz. Der größte Kollos, der mit der Nummer 1010, hatte sich verselbständigt und rollte geradewegs auf sie zu. Entsetzt schrie Gitta auf, doch ebenso gut hätte sie sich in dieser unwirtlichen Gegend einen Kaffee bestellen können; der Effekt blieb derselbe: Niemand konnte sie hören.

Währenddessen kam ihr das Urgestein bedrohlich nahe. Unablässig rollte es ihr entgegen, und das mysteriöse Grollen aus seinem Inneren hörte sich beängstigend an. Was sollte sie tun? Vielmehr, was konnte sie tun? Ihrem ersten Impuls folgend davonlaufen. Sie sah sich flüchtig um. Hinter ihr breitete sich eine ausgetretene Gasse aus, einladend zwar, doch wohin führte diese? Gitta war vorsichtig geworden. Sollte sie nicht besser versuchen, erst mal den Kollos aufzuhalten, zur Not mit ihren bloßen Händen? Vielleicht konnte sie es sogar schaffen, ihm ein adäquates Hindernis in den Weg zu legen, eine Barriere aufschichten aus den ungehobelten Brettern, welche große Flächen des Bodens bedeckten.

Sie hatte allerdings nur einen einzigen Versuch. Sollte dieser schiefgehen, wäre es für den großen Stein ein Leichtes, sie zu zermalmen und dem Boden gleich zu machen. Die Ziffern auf diesem grimassenhaften Gesicht wirkten alles andere als freundlich.

Mittlerweile war der Stein ihr gefährlich nah gekommen, und das Gemurmel aus seinem Inneren wurde immer deutlicher: *„re-gie-ren-re-a-gie-ren-re-gie-ren-re-a-gie-ren"* schallte es.

Zum Nachdenken blieb nun wirklich keine Zeit mehr. Dagegen weitete sich ihre Angst - ihre verdammte Angst - zur Panik aus und blockierte ihr gesamtes Denken und somit jedwede Entscheidung. Lediglich ihre Beine hatte Gitta noch unter Kontrolle, und daher konnte sie gar nichts anderes tun als davonzulaufen, nur weit weg von diesen schrecklichen Kolossen. Weder nach rechts noch nach links schauend, rannte sie, als wäre der Leibhaftige hinter ihr her. Außer Atem hielt sie erst nach einer ganzen Weile inne, als sie nämlich feststellte, dass der Pfad unmerklich schmaler geworden war.

Wo führte der hin?

Das Gewirr von Sträuchern wurde dichter, und ein Gebüsch am Ende dieses Weges schien nahezu undurchdringlich. Die steinharten blauen Beeren der Sträucher lagen überall auf dem Moosboden verstreut. Aus der Ferne vernahm sie dumpfes Grollen. Es hörte nicht auf, im Gegenteil, es wurde wieder lauter. Kein Zweifel, es kam näher. Aber es hörte sich nicht mehr nur nach einem Stein an, denn es hallte mittlerweile in verschiedenen Tonarten. Ein ganzer Berg von Steinen war in Bewegung. Wie eine graue Lawine bahnte sich dieser Haufen einen Weg durch das Dickicht und ließ den Boden unter sich erzittern, langsam zwar, aber unaufhaltsam. In ihrer Not verkroch sich Gitta schließlich unter dem Gestrüpp. Am liebsten hätte sie sich unsichtbar gemacht, so wie früher, als sie noch klein war. Wenn sie sich verstecken wollte, drückte sie ganz fest ihre Augen zu. Nun bedeckte sie sich mit den Zweigen aus dem Unterholz und hoffte insgeheim, dass die Steine sie hier nicht finden würden. Sie überlegte. Wo war sie hingeraten? An einen Ort wo Steine regierten? Böse Steine! Können Steine das? Regieren?

Sie war nahezu sicher, dass Hella hinter dem Geschehen stecken musste. Hella, immer wieder Hella! Sie spukte ihr im Kopf herum, und sie konnte nicht aufhören, an sie zu denken. Was wusste sie überhaupt von ihr? Nicht viel.

Wurde sie von Hella entführt? Warum? Sie hatte ihr doch nichts Böses getan. Hatte Hella einen Köder ausgelegt und sie als Opfer ausgesucht? Sollte sie ausgeforscht werden, manipuliert, und dann zu fragwürdigen Handlungen angestiftet werden?

Ach, sowas gab es doch nur in Filmen.

Warum um alles in der Welt hatte sie sich ausgerechnet mit diesem Mädchen angefreundet? War es das prickelnde Abenteuer, welches sie anlockte in einer heilen, wenn auch ausgesprochen eintönigen Welt? Warum ist sie blindlings in diese Falle hineingetappt? Wo war Hella jetzt? In ihrer unbequemen Stellung richteten sich ihre Augen unwillkürlich nach oben, dorthin von wo sie unbewusst Hilfe erhoffte – vielleicht. Und in der Tat, was sie dort oben zu sehen bekam, war trotz ihrer grässlichen Lage ein ganz klein wenig tröstlich. Sie sah nämlich eine schwarze Wolke und eine weiße Wolke friedlich nebeneinander schweben. Und das war das Letzte, das Gitta an jenem Tag gesehen hatte.

Die weiße Wolke war immer noch dort, als Gitta irgendwann später - ihr Zeitgefühl hatte ihr gänzlich den Dienst versagt - ihre Augen wieder öffnete. Nur kleiner war sie geworden diese Wolke - und durchsichtig - und anders als am Anfang. Wenn man genau hinsah, konnte man nebulöse Gebilde erkennen, die aussahen wie Buchstaben?

£ ε a

Hauptsache keine Zahlen mehr, schoss es ihr durch den Kopf, und allein dies war Grund genug, sich ein kleines bisschen besser zu fühlen. Allerdings währte dieser Zustand nur flüchtig - und auch die Wolke verflüchtigte sich zusehends.

Gitta blickte sich um und musste zuerst ein paar Mal blinzeln, denn es war hell geworden. Es musste also irgendwo eine Öffnung, einen Ausgang aus diesem Labyrinth geben. Eigentlich hatte sich nichts verändert, bis… ja bis auf die Steine. Die waren verschwunden, einfach weg. Gitta lauschte. Es war so still, dass man eine Stecknadel hätte fallen hören; kein Grollen mehr, nichts. Hatte sie sich alles nur eingebildet? Mittlerweile hielt sie beinahe alles für möglich, und sie begann an sich selbst zu zweifeln. Vor ihren Füßen bedeckten mehrere kantige Bretter aus rohem Holz den unebenen Boden, und die sahen so neu und sauber aus, als wären sie erst vor kurzer Zeit hier abgelegt worden. Ihr Vorwitz verlieh ihr die nötige Kraft, und es gelang ihr, diese ein wenig zur Seite zu schieben. Das kostete zwar einige Mühe, denn sie waren ziemlich schwer, aber nach und nach gelang es. Zuerst fiel ihr nichts Besonderes auf, doch als sie sich an dem Moos darunter zu schaffen machte, gab dieses plötzlich ein Stück weit nach. Ihr Blick fiel auf eine unterirdische Höhle. Sie tastete sich vorsichtig weiter nach unten, und bereits nach wenigen Metern gelang es ihr, sich durch den Eingang zu zwängen. Plötzlich ging es ganz leicht, wie von selbst, und im bläulichen Halbdunkel nahm sie drei

Stufen einer unebenen Treppe wahr, die in ein Felsengestein gehauen war. Darunter führten zwei breite Gänge in verschiedene Richtungen, einer nach links und einer nach rechts. Allerdings waren beide Verläufe mit zum Teil glitschigen Steinen gespickt. Was sollte sie tun?

Gitta hatte trotz ihres erwachsenen Alters noch nicht gelernt eigenständig Entscheidungen zu treffen. Es war nie nötig gewesen. Sie brauchte es einfach nicht. Ihre Eltern hatten sie vor allem Unangenehmen geschützt und ihr alle kleinen und größeren Hindernisse aus dem Weg geräumt. Und Gitta fügte sich gern, egal ob es sich um festgesetzte Essenszeiten handelte, oder darum, welche Schule für sie die Beste wäre. „Meine Perle", nannte sie ihr Papa und entwickelte beständig neue Strategien für ein großartiges Leben. Auf dem Serviertablett bekam sie ausgeklügelte Praktiken für alle Lebenslagen dargeboten. Geradeaus verlief demzufolge ihr bisheriger Lebensweg, ohne Hürden, ohne Stolpersteine. Wie hätte sie daher ahnen können, dass es neben einer breiten geschützten Straße noch jede Menge spannende Seitenpfade gab, vielleicht Irrwege? Jedoch, wie sollte - wie konnte - sie dies herausfinden, wenn sie es nicht ausprobieren durfte? Warum hatte man ihr nie gesagt, wie spannend das Leben sein konnte? Ihr wacher Verstand meldete sich. Sie hatte ihn innerhalb der letzten Zeit geschärft, und nun richtete er sich instinktiv gegen ihr Elternhaus. Die Erwachsenen mussten doch eigentlich Bescheid wissen, dass nicht immer alles nach Plan laufen konnte. Ihre Kritik richtete sich ganz gezielt gegen ihre Eltern, gerade weil diese davon überzeugt waren, stets alles richtig gemacht zu haben. Sie hatten es doch immer gut mit ihrem Kind gemeint. Aber das reichte eben nicht.

In einem Anflug von Trotz wandte sie sich schnurstracks dem Gang auf der linken Seite zu. Daraufhin bewegte sie sich stolpernd durch eine Art Tunnel, weiter und immer weiter in die Tiefe. Was für eine Überraschung: Der anfänglich schmale Pfad veränderte sich rasch und wurde zu einer breiten ausgefahrenen Straße, welche letztendlich zu einem großen Eisentor führte. Nun war Gitta nicht mehr zu halten. Getrieben von der Aussicht wieder aus der Höhle herauszufinden, steigerte sie ihr Tempo, doch bald schon bemerkte sie zu ihrem großen Schrecken den grauen Stein mit der Nummer 1010 direkt vor dem Tor wie ein Türsteher. - boshaft und zornig.

Man musste kein Hellseher sein um zu sehen, hier war kein Durchkommen. Der Stein wirkte bedrohlicher denn je. Die nackte Angst legte sich ihr um die Schultern und ließ nur Raum für den einzigen Wunsch: nichts wie weg aus dieser Höhle! Angst wäre immer ein schlechter Ratgeber, wurde zuhause gern von ihren Eltern gepredigt. Dummes Gerede, nichts als Floskeln, denn, wie man mit Angst umzugehen hat, dafür gab es natürlich kein Rezept - leider.

Ohne sich jedoch weiter mit nichtigen Erinnerungen zu beschäftigen, machte sie kehrt und hoffte inständig, dass es noch nicht zu spät sei. Selbst schuld war sie. Warum musste sie aber auch in diesen Abgrund steigen? Aus Neugier? Wohl eher aus purer Dummheit, aus Tollheit, denn wäre sie oben geblieben, wäre sie nicht in eine solche Bedrängnis gekommen, und diese entsetzliche Geschichte mit dem Stein wäre ihr erspart geblieben. Jetzt war es zu spät.

Vielleicht hätte sie besser in den anderen, nämlich in den rechten Pfad einbiegen sollen. Hätte - hätte - müßig, sich darüber den Kopf zu zerbrechen. Während sie fieberhaft zurück hastete, kam ihr dieses unheimliche Grollen wieder zu Ohren. Zeitgleich umwehte sie ein unangenehmer kalter Hauch, obwohl sie weder Fenster noch sonstige Öffnungen in der Höhle feststellen konnte. Eines war indes klar: Sie musste sich sputen, doch dann wurde ihr schlagartig der Rückweg versperrt - von Hella. Wie eine Statue aus Eis stand sie in der Mitte des Weges, stumm und feindselig, und durch ihren kalten Blick gab sie unmissverständlich zu verstehen: „Aus dieser Höhle kommt Niemand je heraus."

Gitta fröstelte.

Sie saß in der Falle.

So hatte sie Hella noch nie erlebt. War dies die wirkliche Hella, das eigentliche Gesicht von ihr? War Hella böse? War es möglich, dass ein menschliches Wesen ganz und gar böse sein konnte? Bisher zweifelte Gitta an dieser Theorie, denn allein nach dem Grundsatz der Gegensätze - den sie sich selber zurechtgezimmert hatte - konnte dies nicht sein. „Wo Schatten ist, muss auch Licht sein", hatte Papa unbeholfen versucht ihr beizubringen, als sie noch klein war. Wie lange war das her? Und jetzt? Und wieder holte sie die Erinnerung ein. Ach könnte sie doch das Rad der Zeit zurückdrehen, am liebsten bis hinein in ihre Kindheit. Sie sehnte sich nach Geborgenheit und wünschte nichts sehnlicher, als wieder daheim zu sein, daheim in dem stillen Haus in einer verkehrsberuhigten Straße.

Sie ahnte, letztlich sie war absolut sicher, Hella würde sie ins Unglück stürzen. Warum? Um sie zu vernichten? Warum? Und wieder stand die stumme und sinnlose Frage im Raum, die Frage nach dem „Warum."

Nach gefühlten Endlosstunden, angefüllt mit tiefsinnigen Grübeleien, ließ Hella sich zu einer lapidaren Erklärung herab. Unmissverständlich gab sie zu verstehen: „Fakt ist, du bist keine 110010, also keine von uns. Hier hat jede Zahl ihre Bestimmung. Und damit du es weißt: Ich bin die 1011. Ich wurde gezwungen, für kurze Zeit meine Gestalt zu verändern, habe den Krater passiert, um durch das Wurmloch zu gelangen. Meine Bestimmung war es, die Erdlinge zu erforschen. Bei dir hatte ich leichtes Spiel. Du warst ja so naiv. Daher kann ich deine innersten Gedanken und Fragen nicht nur sehen; ich kann sie hören, sehr deutlich sogar, aber ich darf keine Fragen beantworten, denn die Regierung hat mich zu strikter Geheimhaltung verpflichtet." „Was wird aus mir?" schrie es aus Gitta heraus, doch ebenso gut hätte sie die Steine anschreien können. Die Steine, natürlich die Steine, Gitta fiel es wie Schuppen von den

Augen, auch die Steine hatten Ziffern. War Hella in Wahrheit versteinert - ein Stein?

„Komm mit!" Das hörte sich ganz und gar nicht nach einer Bitte an; das war ein Befehl, unverkennbar, und so blieb ihr gar nichts anderes übrig, als diesem Objekt von Hella ergeben hinterher zu trotten bis zu dem furchterregenden Tor. Diesmal stand es offen; der Stein 1010 lag nicht mehr davor. Folglich war Gitta erst mal erleichtert, denn sie hegte die vage Hoffnung, ihre Lage könne sich noch zum Guten wenden. Festen Schrittes betrat sie daher zusammen mit Hella den Raum. Wie von Geisterhand schloss sich hinter ihnen das eiserne Portal - lautlos. Gitta schrie auf, als sie sogleich feststellen musste, dass sie sich im Inneren einer hohen Halle befand, als Gefangene. Sie fühlte sich von den kalten Augen der zahlreichen Steine beobachtet, welche sich haufenweise im Raum ausgebreitet hatten, dabei auffallend einer bestimmten Anordnung folgten. Es gab sie in den unterschiedlichsten Größen, aber alle waren rund und grau und hatten diese bedrohlich wirkenden Einkerbungen, welche aussahen wie Augen. Damit erweckten sie den Anschein, sie würden durch alles hindurchblicken und könnten sogar ihre Gedanken lesen. Es gab kaum ein Durchkommen, doch Hella steuerte zielstrebig einem bestimmten Erker zu und wies ihr dort einen Platz an.
Auch sie wirkte in diesem Raum grau, grauenhaft grau. Lag es am Licht? „Sei still, es ist Ruhezeit", zischte sie, „deine Bestimmung wirst du erhalten, sobald diese Phase vorbei

ist." „Ich will nach Hause." Wie von selbst kam ihr dieser einzige Wunsch, den sie in ihrem tiefsten Inneren verspürte, über die Lippen, flehentlich und leise, doch dann schwieg sie, denn Hella hörte ihr ohnehin nicht zu. Sie war mal wieder entschwunden, so als hätte sie sich in Luft aufgelöst, oder wäre in einen Stein geflüchtet. Aber so war das nicht.

Später wurde es geschäftig in der Halle. Die Steine kamen in Bewegung. Langsam und sicher bewegten sie sich nach einem bestimmten Rhythmus - immer zwei auf einmal - wie bei einem Tanz. Ein paar von den großen rollten geräuschvoll aufeinander zu; andere wieder rollten zurück. Zum Glück kam ihr kein Stein zu nahe, und das beruhigte ein wenig ihre angespannte Gemütsverfassung. Unversehens kam Hella aus dem Nichts zurück und befahl, sie müsse mitkommen zur Regierung. Und dann saß Gitta vor einem Berg von Steinen, kam sich vor wie bei einer Gerichtsverhandlung und erwartete ihr Urteil. Im Grunde war sie selbst noch nie vor Gericht gewesen, aber sie liebte die Sendung mit Richter Wetzel und Rechtsanwalt Gebauer, deren Wiederholungen gelegentlich im Fernsehen ausgestrahlt wurden. Das hatte sie sogar dazu bewogen, mal über ein Jura-Studium nachzudenken.

Wenn es nicht zu makaber gewesen wäre, hätte sie sich über die Steine lustig machen können, denn eigentlich war das ganze Getue eine Lachnummer, ein Bühnenstück – eigentlich. Aber nein, dies hier war leider bitterer Ernst.

Hella fungierte als eine Art Dolmetscher und teilte ihr in dieser Funktion nach geraumer Zeit das Urteil mit, ihre Bestimmung sozusagen, wie sie es ausdrückte. Nun, die Regierung habe beschlossen, verkündete Hella mit Grabesstimme, Gitta vorerst mit dem Verkauf zu beauftragen.

Augenblicklich tauchten in ihrem Kopf Gedankenfetzen an einen Kaufmannsladen auf, ihre Lieblingsbeschäftigung aus der Kinderzeit. Danach bot Hella ihr einen Becher Wasser an. Gehorsam nahm Gitta einen Schluck. Es schmeckte nach Salz und Himbeeren, genauso wie damals auf der Felsenklippe. „Zauberwasser" hatte Hella es genannt. Seltsam, bisher hatte Gitta weder Hunger noch Durst verspürt. Dabei war sie zuhause immer ein guter Esser, ein Schleckermäulchen, wie Papa sie manchmal nannte. Papa! Sie war ein Papakind.

„Komm mit!" Hella holte sie unbarmherzig aus ihrer Gedankenwelt zurück in die Wirklichkeit. Doch was war die wirkliche Wirklichkeit? Was waren Fantasien? Hirngespinste! Jedenfalls wurde sie unsanft zum hinteren Teil der Halle geführt, in deren Ecken unzählige blaue Kugeln lagen. Diese hatte sie zum ersten Mal oberhalb der Höhle gesehen. Es waren die kugelrunden Beeren der Büsche. „Vergiss nicht, die Sträucher sind das wertvollste was wir haben", schärfte sie ihr ein. „Die Früchte hiervon, diese Kügelchen sind unsere Zahlungsmittel, Geld, wie du es nennen würdest, und daher strebt jeder Busch und jeder Zweig danach, möglichst viele kleine Kugeln zu produzieren, wovon sich die Besten zu großen Steinen entwickeln sollen. Du bist für den Verkauf eingeteilt", wiederholte sie, und blähte ihren Rücken zu einer Drohgebärde. „Was soll ich verkaufen?"

„E n e r g i e" lautete die schroffe Antwort.

War es das abstruse dieser Bemerkung, war es die Ungewissheit ihrer entsetzlichen Lage, war es das Zauberwasser oder lag es einfach nur an ihrer totalen Erschöpfung? Gitta wurde ohnmächtig.

Leider hielt dieser Zustand nicht lange genug an, denn am liebsten wäre sie gar nicht mehr aufgewacht. Unerbittlich wurde sie jedoch sogleich in die Praxis einer teuflischen Verkaufstechnik eingeführt. Es wurde ein Feuer gemacht, und sie musste mitansehen, wie mehrere große Steine in einem Kessel solange erhitzt wurden, bis deren Energie in Form von Schwitzwasser austrat. Die so erhitzten Steine waren danach wertlos. Das kostbare Schwitzwasser jedoch wurde sogleich in Wannen abgefüllt und sollte dann an kleinere Steine verkauft werden, welche diese Flüssigkeit in sich aufnahmen. Zahlungsmittel waren ausschließlich die blauen Kieselsteine - also die Beeren der Hecken und Sträucher.

Dieses Tauschgeschäft fand pausenlos statt - ununterbrochen wie in einem geheimen Ritus - wie von selbst im Zeitlupentempo. Ihre wichtigste Aufgabe sei es, wurde ihr befohlen, die so erworbenen neuen Kiesel zum Anschwellen in einer Nährlösung zu vergraben. Diese Nährlösung, die aus Blättern und Zweigen der Sträucher bestand, hatte höchste Priorität. „Jeder Stein, der sich nicht innerhalb einer Periode um das doppelte seines Volumens vergrößert, ist unbrauchbar geworden, ein Verlust", versuchte Hella zu erklären, denn es fehle ihm nun die Härte, und deshalb müsse er sofort zerstört werden. Die angeschwollen neuen Steine bekämen hingegen in einem feierlichen Ritual neue Ziffern aufgedrückt.

Soweit so gut, oder nicht gut.

In der Folgezeit war Gitta derart mit dem Herstellen von Nährlösungen und dem Vergraben von blauen Beeren beschäftigt, dass sie kaum zum Nachdenken kam. Welchen Sinn hatte das Ganze? Welche Absicht stand dahinter? Und wo sollte das hinführen? Fragen über Fragen! Es war unmöglich, die Art der Anweisungen, die sie ständig erhielt, irgendwie zu erklären, noch weniger, sie zu beschreiben. Jedenfalls funktionierte sie wie ein Rädchen in einem Uhrwerk, präzise und lautlos. „Gedankenübertragung" traf es wohl am ehesten.

Und so verging die Zeit.

Hella blieb verschwunden, unsichtbar. Gitta war inzwischen davon überzeugt, dass diese wieder zu ihrer ursprünglichen Form zurückgekehrt und sich in einen Stein verwandelt hatte. In dieser wirren Welt der ewigen Steine wurden doch alle irgendwann zu Steinen. Trotzdem gelang es ihr nicht, die

Hoffnung aufzugeben, dass bei Hella noch ein Funken von Mitgefühl bestehen würde. Schließlich hatte sie diese ganz anders erlebt und war anfänglich fasziniert von der neuen Mitschülerin. Jetzt klammerte sie sich mit all ihren Sinnen an die vage Möglichkeit, mit Hellas Hilfe wieder zurückzufinden in ihr stilles Dorf. Aber welcher Stein war Hella? Wenn sie das mal wüsste! Doch halt, Hella hatte ihre Nummer genannt, damals als sie ihr den Weg in die Halle versperrte. Bloß, die hatte sie vergessen. Sie konnte sich noch nie Zahlen merken, und das schien nun ihr Verhängnis zu sein.

Mit Erschrecken stellte sie fest, dass sich die Farbe ihrer Hände verändert hatte. Die Fingerspitzen waren bereits so grau wie alles andere in dieser Halle. Oh je, nur nicht hinsehen. Zum Glück gab es keine Spiegel oder dergleichen. Noch war ihr Geist relativ ungetrübt, jedenfalls glaubte sie dies, aber sie befürchtete, dass in Bälde ihr wacher Verstand einfach ausgeschaltet werden würde, von wem auch immer. Das Denken fiel ihr bereits schwer; trotzdem war sie andauernd am überlegen, wie eine Lösung ihrer verzwickten Lage zu erreichen sei. Es musste doch irgendeinen Ausweg aus dieser Misere geben. Welche Methode könnte funktionieren? Oder war es zu spät? War bereits alles entschieden? Das hieße, dass sie selbst sich früher oder später ebenfalls zu einem ewigen Stein entwickeln würde. Sollte dies ihr Schicksal sein?
Nein! Nein! Und nochmals nein.

In ihre Überlegungen mischte sich noch eine andere Beklemmung. Wie Schuppen fiel es ihr von den Augen: Tatsache war nämlich, die blauen Kügelchen waren unbestreitbar die Zukunft dieser vertrackten Steine-Welt. Es waren im Grunde deren Kinder, die noch wachsen mussten, wie das bei Kindern eben ist. Sie spann die Idee weiter und kam zu dem Schluss, dass diese Kinder als Zahlungsmittel missbraucht wurden. Die gekaufte Energie wurde tatsächlich mit den kleinen blauen Kugeln bezahlt! Doch es war noch schlimmer. Kinder die sich nicht weiterentwickelten um zu einer gewissen Größe anzuschwellen, wurden gewaltsam vernichtet, totgeschlagen! Was waren das nur für Wesen, die ihre eigenen Kinder ermordeten? Teuflische Bestien!

Nach diesen schauerlichen Feststellungen fiel Gitta in ein Art Schockstarre.

Oftmals schweiften ihre Augen apathisch durch den grauen Raum, doch einer plötzlichen Eingebung folgend wendete sich ihr Blick unvermittelt weit nach oben bis hin zur Decke. Zu ihrem großen Erstaunen stellte sie fest, dass es am oberen Rand der Halle ein kreisrundes Loch gab. Eine Öffnung nach draußen? Dahinter nahm sie ein stahlblaues Himmelsgewölbe wahr, so wie an einem schönen Sommertag. Wieso hatte sie dies bisher nie bemerkt? Vor lauter Euphorie glaubte sie augenblicklich an die Möglichkeit einer Rettung. Doch dann meldete sich ihr ach so nüchterner Verstand und ermahnte zur Besonnenheit.

Fliegen konnte sie schließlich nicht. Doch die Frage ließ sie nicht los. Warum hatte sie den hellen Lichtschein bisher nie bemerkt? Nun konnte sie gar nicht mehr wegsehen, und dann entdeckte sie weit oben eine dünne Schleierwolke. Diese zog heran und blieb auf der Stelle stehen, genau über der Öffnung, um langsam ihre Form zu verändern bis Gitta ganz deutlich die verschnörkelten Buchstaben erkannte: L, E und A. Ihr Blick wurde magisch angezogen von diesem Schriftzug, Was hatte das zu bedeuten? Ob die Wolke ein Zeichen war, eine Botschaft, vielleicht ihr ganz persönlicher Rettungsanker? Oder war es reiner Zufall, so wie meistens, wenn etwas Neues geschieht. Am Anfang steht doch immer der Zufall, das hatte sogar Lehrer Groß in der Schule mal verkündet.

Nichtsdestotrotz purzelten ihr lückenhafte Bilder durch den Kopf, und sie suchte verzweifelt nach einem Ausweg, nach einer Möglichkeit zur Flucht. Sie erinnerte sich genau dieselbe Wolke schon einmal gesehen zu haben, nämlich bevor sie in die Höhle gestiegen war, und erneut lag etwas von dem gleichen Zauber in der Luft wie damals. Vielleicht war es nur ihre hilfesuchende Fantasie oder diese winzige Hoffnung, dieses untrügliche Gefühl, welches ihr sagte, die Wolke würde auf sie aufpassen. Für einen kurzen Moment wusste sie nicht mehr, was sie glauben sollte. Doch daraufhin wurde sie ganz ruhig, und für eine kurze Zeitspanne hatte sie sogar ihre Angst verloren.

Doch diese Momente vergingen rasch. Neue Ängste krampften ihr innerstes Wesen zusammen, und sie rief sich wiederholt zur Ordnung. Wie tief musste sie gesunken sein, um zu glauben, eine Wolke könne sie aus den Fängen der Steine retten. Andererseits, was hatte sie zu verlieren? So oder so war sie verloren - verloren im Inneren einer unbekannten Welt, fernab jeglicher Zivilisation, dem Untergang geweiht. Und dennoch, diese Wolke hatte eines bewirkt, nämlich ihr neuen Mut gemacht, Mut zum Kämpfen, und diesen Mut durfte sie jetzt nicht leichtsinnig verspielen. Doch, woher kam dieses Vertrauen, vergleichbar einem Ertrinkenden, der sich an einen Strohhalm klammert?

Bevor die Wolke weiterzog, verschwendete diese noch einmal ihre ganze Schönheit. Ihr Glanz drang bis ins Innere dieser unwirtlichen Halle ein und tauchte das triste Grau für einen kurzen Moment in ein helles Licht. Wenn man alles verliert, bleibt am Ende wahrscheinlich immer eine schwache Hoffnung auf Rettung, fand sie und wusste nur zu gut, dass sie jetzt auf gar keinen Fall aufgeben durfte. Jedoch über das „wie" konnte ihr die Wolke keine Auskunft geben. Geduld war noch nie Gittas Stärke gewesen, und je länger sie über ihre unsägliche Lage nachdachte, desto mehr steigerte sie sich in eine innere Hektik. So reifte innerhalb kürzester Zeit ein verwegener Plan.

Sollte es wirklich nur eine dünne Wolke gewesen sein, die ihr Mut gemacht hatte? Das spielte nun keine Rolle mehr, und obwohl die Steine es streng verboten hatten, schlich sie sich heimlich aus ihrem Winkel heraus und robbte auf allen Vieren bis zu dem großen Eisentor. Überrascht stellte sie fest, es war geöffnet. Selbst der gruselige Stein mit der Nummer 1010 lag nicht mehr davor. Nun hielt sie nichts mehr auf. Als sie fieberhaft durch das Tor nach draußen hastete, klopfte ihr Herz vor Aufregung bis zum Hals. Erstaunt, wie einfach es war, diese unwirtliche Halle zu verlassen, bewegte sie sich dennoch vorsichtig weiter, Schritt für Schritt. Kaum hatte sie sich eine kurze Strecke vom Tor entfernt, brach ein Höllenlärm aus mehreren Sirenen aus. A l a r m!!!

Hinzu kam das dumpfe Grollen der Steine. Sie rollten näher, und es brauchte nicht viel Fantasie, sich vorzustellen, was diese mit ihr machen würden. Das Geheul der Sirenen wurde so unerträglich, dass der Berg, der sich plötzlich wie aus dem Nichts heraus majestätisch vor ihr aufbaute, erzitterte. Diesen Berg hatte Gitta vorher noch nie gesehen. Auf dessen Kuppe ragte ein Krater in die Höhe. Umso erstaunlicher, dass sie beim Anblick des Gipfels auf einmal ein merkwürdiges Vibrieren in ihren Beinen verspürte. Und so rannte sie Hals über Kopf seitlich vom Weg quer durch das Dickicht bis zum Fuße des Berges. Bald danach hörte das Heulen der Sirenen so plötzlich auf, wie es begonnen hatte.

Es hatte den Anschein, als hätte sie sich aus dem Bannkreis der Steine entfernt. Vielleicht bildete sie sich dies nur ein. Vielleicht war es auch nur die Ruhe vor dem Sturm. Doch Gitta lauschte in diese neue Stille hinein und registrierte lediglich das Summen einiger Bienen auf einer Bergwiese und das Gezwitscher von kleinen Vögeln.

Das konnte doch nur ein gutes Zeichen sein. Von neuem war sie beflügelt von der Möglichkeit einer baldigen Rettung.

Etappe III
0011

in der grünen Oase

Der Aufstieg war gar nicht schwer, und sie kam so gut voran, als strömten unbekannte Kräfte durch ihren Körper. Diese neu gewonnene Stärke nahm Gitta ebenso selbstverständlich hin wie ihre innere Leichtigkeit, und so schaffte sie beinahe spielend den holprigen Fußweg bis zum Gipfel. Dort angekommen blickte sie unentschlossen nach oben zu diesem Ungetüm von Krater.

In ihrer bisherigen Welt hätte sie es nie und nimmer gewagt, so weit in fremdes Gelände zu pirschen, noch dazu ganz auf sich allein gestellt. Daheim wurde sie stets zur Vorsicht gemahnt, obwohl allein ihr sprichwörtliches Zaudern sie daran hinderte, neue Wege auszuprobieren oder mal Dinge zu tun, die einfach nur Spaß machten. Und nun? Ihre Spannung stieg ins Unermessliche. Wohin würden sie weitere Schritte führen? Sie überlegte und glaubte sich zu erinnern, dass Hella irgendwann einen Trichter erwähnt hatte, durch welchen sie zu den Erdlingen gelangt sei. Noch spukte Gitta der Zweifel im Kopf herum. Jedoch dauerte es nicht lange, bis ihr neu erwachter Mut, aber vor allem die Neugier sie dazu drängten, ganz nach oben zu klettern. Und dann blickte sie in den Schlot hinein.

Die Schönheit des Farbenspiels in der Tiefe war einzigartig, und sie konnte gar nicht mehr wegsehen. Allerdings störte ein beißender Geruch diese wunderbare Farbenwelt. Und dann - war da plötzlich dieser entsetzliche Sog, der spiralförmig aus dem Krater entwich und der immer stärker wurde. Eine Zeitlang gelang es Gitta sich dagegen zu stemmen, jedoch trotz ihrer neuen inneren Kraft konnte sie sich der Zugkraft dieses Wirbels auf Dauer nicht widersetzen. Was machte die Schlucht mit ihr. Was wollte der Krater? Sie völlig vereinnahmen? Warum? Es war zu spät über dieses Warum nachzudenken, zu spät, umzukehren. Wohin auch, bestimmt nicht wieder zu den Steinen. Ihr Schicksal schien besiegelt. Unerbittlich wurde sie in einen Abgrund gezogen - schon wieder - tiefer und immer tiefer ins Bodenlose. Sie hatte den Eindruck, klein wie eine Maus zu sein, allein ihr linker Fuß hatte seine ursprüngliche Größe behalten. Wie gebannt fixierte sie daher ihren Fuß; er wirkte äußerst bizarr. Trotzdem nahm sie diese Tatsache als gegeben hin. Da sie selbst so winzig geworden war, musste ja auch ihr Gehirn geschrumpft sein und damit der Verstand aber auch ihre Emotionen...

"Der Mensch wächst an seinem Namen", hatte ihr Mathelehrer, dieser irre Sprücheklopfer, oft zitiert. Es war sein Lieblingsspruch, denn er machte sich gerne über seinen eigenen Namen lustig: Gregorius Groß.
Es war seltsam, dass sie gerade jetzt an ihren Lehrer denken musste, wo sie auf die Größe einer Maus geschrumpft war und möglicherweise in einem Wurmloch feststeckte, irgendwo in den unendlichen Weiten des Alls. Logisch, dass dieser Satz nicht stimmen konnte. Andererseits, Herr Groß

war ja nicht dumm, sondern ein vielseitig interessierter Mensch, der nicht nur seine Schüler in die Welt der Zahlen einzuführen wusste, sondern auch stets auf die Möglichkeit der Gestaltung oder Umgestaltung des eigenen Lebens hingewiesen hatte. Und außerdem - na ja - außerdem sah er kolossal gut aus, viel zu gut für einen Mathelehrer, fand Gitta.

Dennoch, sollte es möglich sein, seine eigene Gestalt zu verändern, etwa seine Größe? Herr Groß war ziemlich hochgewachsen. Oder hatte sie das falsch verstanden oder - wie so oft - nicht richtig aufgepasst und sich stattdessen mit nichtigen Hirngespinsten beschäftigt und nur das vernommen, was sie hören wollte?

Ihr Gedankenkarussell drehte sich immer schneller, denn auch Hella hatte mehrfach angedeutet, ihre Gestalt verändert zu haben. Doch gleichzeitig stiegen ihre Zweifel. Nein, nein, abermals rief sie sich zur Ordnung, Hella war ein schlechtes Beispiel. Was wusste schon ein Stein? Wenn es so einfach wäre, dann müsste doch jeder Mensch die Fähigkeit besitzen, selber eine Minimierung, und auch die Wiedervergrößerung an sich selbst vorzunehmen. Oder war es sogar vorstellbar, sich selbst unsichtbar zu machen. Das wäre der helle Wahnsinn! Wozu besaß jedes menschliche Wesen einen ganz eignen Willen? Verzwickte Fragen; ihr winziger Kopf drohte unter der Last ihrer verworrenen Ideen zu zerplatzen als sie versuchte, sich zu konzentrieren hinter der viel zu kleinen Stirn. Ausdehnen müsste man sich, ging ihr durch den Kopf, einfach nur ausdehnen - aber wie?

Dies waren allerdings ihre letzten bewussten Empfindungen und Gedanken für eine unbestimmte Zeit…

Es begann mit einem Kribbeln in ihren Beinen.

Kurz danach spürte Gitta das Vibrieren in ihrem ganzen Körper. Als sie an sich herabsah, war alles so wie immer, trotzdem noch etwas gewöhnungsbedürftig. Allerdings übertraf die Freude darüber, dass sie offensichtlich wieder ganz lebendig, noch dazu groß und stark war, auf Anhieb ihre Furcht. Sie war restlos begeistert, denn nicht nur ihre beiden Füße hatten ihre ursprüngliche Größe erreicht. Unverändert, als wäre nichts geschehen, trug sie ihre vertraute Jeanshose und den grünen Anorak, welchen sie jedoch angesichts der angenehmen Wärme schleunigst von ihren Schultern streifte. Es wehte ein leichter, warmer Wind, ein laues Lüftchen. Der wolkenlose Himmel zeigte sich in einem merkwürdig verwaschenen Gelb.

War schon Sommer? Nach der Sonne hielt Gitta vergeblich Ausschau. Es gab sie nicht, jedenfalls keine sichtbare. Doch woher kam das Licht? Auch die Wärme kam nicht von oben. Im Gegenteil: Offenbar strahlte der Boden unter ihren Füßen diese Temperaturen aus. Die Luft roch nach Anis und ein bisschen auch nach Nelken. Stück für Stück sog sie den Duft einer grünen Landschaft in sich auf. Sie fühlte sich berauscht. Ganz in der Nähe plätscherten mehrere Rinnsale aus der Erde, kleine und auch größere. Grünes Wasser? Grün war hier alles, und grün war sowieso ihre Lieblingsfarbe – schon immer gewesen.

Aus lauter Übermut drehte sie sich ein paar Mal um ihre eigene Achse. Am liebsten hätte sie getanzt. Ihr Blick schweifte abwechselt mal in diese, mal in jene Richtung. Soweit ihr Auge reichte war die Gegend dicht bewachsen mit, ja mit was? Eine Graslandschaft war es nicht; eine Wiese sah anders aus. Ein feiner moosähnlicher Bewuchs überspannte den gesamten Boden mit einer Gleichmäßigkeit, wie sie nur aus einem Bilderbuch stammen konnte. Kein Ende war zu sehen. In der Tat überzog dieses Grün die Ebene soweit ihr Auge reichte. Der Duft strömte unaufhörlich aus dem Boden und erinnerte entfernt an Weihnachten. Allerdings verschob sie diesen Gedanken, denn weihnachtlich konnte man diese sommerähnlichen Temperaturen nun wirklich nicht nennen.

Wie Gitta bald feststellte, handelte es sich bei den Rinnsalen um warme Quellen. Sie hatte noch nie in ihrem Leben heiße oder warme Quellen gesehen, und vor lauter Begeisterung hierüber traten die bitterbösen Erlebnisse aus der jüngst verflossenen Zeit in den Hintergrund. Sie verdrängte Hella und die schlimmen Steine und vergas beinahe, dass sie doch eigentlich nach Hause wollte. In dieser wahnsinnstollen Idylle erinnerte so rein gar nichts an die Straße, in der ihre Eltern wohnten. In vollen Zügen trank Gitta von dem Wasser aus den Quellen, und sie genoss es, und sie konnte gar nicht genug davon kriegen. Ihr gesunder Hunger stellte sich wieder ein, und dann stellte sie fest, dass die grüne Masse, mit welcher der Boden bedeckt war, ziemlich gut schmeckte. Mit einem Mal war sie so fröhlich wie schon lange nicht mehr. Das Leben war ein Fest, nur noch herrlich. Gitta schwirrte in einem Hochgefühl durch die Ebene, und jede neue Sekunde erinnerte an Urlaub, aber auch an Weihnachten und - oder - Geburtstag, eben an alles nur erdenklich Schöne aus ihrer Vergangenheit.

Vor lauter Glücklichsein verlor sie ihr normales Gespür für Zeitspannen. Es zählte nur noch der Augenblick, jedoch stellte sie nach einer Weile fest, dass es nicht dunkel wurde. Unvorstellbar für einen Mitteleuropäer: Es gab keine Nacht in dieser grünen Oase. War sie womöglich an einem Breitengrad gelandet, wo der Sommer ein ganzes halbes Jahr dauerte. Und was kam danach? Ein halbes Jahr Winter? Einen winzigen Augenblick lang erschreckte sie diese Vorstellung, welche ja sicherlich nicht abwegig war. Doch dann versuchte sie diesen Gedanken im Keim zu ersticken; jedenfalls wies sie ihn weit von sich. Dies klappte sogar. Für sie zählte nur noch die Gegenwart. Wie hieß es doch so schön: im Hier und Jetzt leben. Es ging immer weiter. Dies jedenfalls waren spärliche Erkenntnisse ihres jungen Lebens. Hier an diesem Ort und in ihrer jetzigen Lage konnte sie nichts planen, aber das war nicht schlimm. Sie beschloss daher, alles einfach geschehen zu lassen, es zu genießen, und dabei fühlte sie sich als Betrachter einer neuen Welt. Bereits früher hatte sie sich gerne treiben lassen und Ent-scheidungen, wenn überhaupt, am liebsten spontan getroffen, je nach Lust und Laune. Nun war sie neugierig und mehr als bereit, dieses neue Land zu erforschen.

Oh ja, dies würde sie tun. Was konnte sie nicht alles erzählen, wenn sie wieder daheim war!

Und so lebte sie singend und tanzend in den nie enden wollenden Tag hinein. Sie schlief, wenn sie müde war an Orten, an denen sie sich gerade befand. Die Gegend sah überall gleich aus. An keiner Stelle gab es irgendwelche Markierungen, Merkmale an die sie sich erinnern könnte um wieder dahin zurückzukehren.

Eines Tages jedoch war sie weitergekommen als gewöhnlich, und plötzlich, wie aus dem Nichts heraus tat sich einige Meter vor ihren Augen eine riesige Nebelwand auf. Ungestüm und äußerst euphorisch rannte sie geradezu auf den Nebel zu, und unvermittelt befand sie sich auch schon mittendrin. Orientierungslos irrte sie umher, und es dauerte eine ganze Weile, bis sie wieder aus dem Dunst herausfand. Nach dieser neuerlichen Erfahrung grübelte sie ziemlich lange vor sich hin, doch ihre Gedanken drehten sich im Kreis, immer wieder. So war das also. Sie fragte sich, ob sie hier am Ende der grünen Welt angekommen war. Jedenfalls hielt sie sich sicherheitshalber nur noch in dem gleichmäßigen Grün dieser wunderschönen Ebene auf.

Danach geschah lange nichts, und soviel sie auch in der Umgebung herumlief, sie konnte nichts entdecken, was nicht schon am Ursprungsort vorhanden war. Und so wurden ihre Erkundungsgänge schrittweise weniger, bis sie am liebsten nur noch an einem festen Platz verharrte. Es war einerlei, wo sie sich befand, es sah überall gleich aus; wozu sich also noch an einen anderen Ort bemühen.

Diese Veränderung in ihrem Denken vollzog sich schleichend, und so kam es immer öfter vor, dass sie manchmal sehr lange nur herumsaß und sich in Tagträume flüchtete, in denen bisweilen Hella auftauchte. Wurde sie verfolgt? Aber nein, sie wusste schließlich, dass keine Gefahr mehr von ihr ausgehen konnte. Ihre Ängste versuchte sie daher im Keim zu ersticken. Hella war ein Stein, warum auch immer. Nachdem sie dies leidlich verinnerlicht hatte, entstanden in ihrer Fantasie immer öfter Bilder aus ihrer Schulklasse, hauptsächlich von ihrer Freundin. Sie vermisste Malena. Was hätte sie nicht alles zu erzählen! Zuweilen träumte sie von einer dünnen weißen Wolke, aber so oft ihr Blick suchend nach oben schweifte… da gab es nicht mal ansatzweise etwas, was an ein Wolkengebilde erinnerte. Statt einer normalen Himmelsbläue war da nur dieses eintönige helle Gelb, das aussah wie ein ausgedehntes Stoppelfeld nach einer großen Dürre, gelb, gelb und wieder gelb. Aber es ging ihr gut. Um jeglichen Zweifel zu zerschlagen, redete sie sich dies gebetsmühlenartig ein, denn nie und nimmer wollte sie zugegeben, dass sich in dieser Eintönigkeit der Landschaft längst eine gähnende Langeweile breitgemacht hatte, welche nach und nach ihr waches Gemüt lahmlegte.

Langeweile war nur ein Teil ihrer Verdrossenheit, aber diese Einförmigkeit der Landschaft war es nicht allein. Ihr fehlte ein Gegenüber, jemand, mit dem sie sich hätte austauschen können, jemand, der ihr auch mal zuhören würde und ihre Sorgen ernst nähme. So viel unausgesprochener Unrat hatte sich in ihrem Kopf angestaut, dass sie glaubte, er würde daran zerplatzen. Jedoch wo oder bei wem konnte sie ihren Müll abladen?

Es war niemand da. So recht bewusst ward ihr die Einsamkeit erst, nachdem sie sich des Öfteren bei Selbstgesprächen ertappte. Irgendwann hatte sie damit begonnen, sich kurze Geschichten zu erzählen. Kleine Episoden konnten schon mal spannend sein, denn sie wusste am Anfang nie, wie diese enden würden. Doch ihre Geschichten wurden zunehmend gruselig und bereiteten ihr mehr Angst als Zeitvertreib, und dann ließ sie es lieber bleiben. Daraufhin verschlief sie die meiste Zeit, und dann beschlich sie immer öfter das Gefühl, gar nicht mehr lebendig zu sein.

Die Zeit verstrich, und weil es nie dunkel wurde, achtete sie nicht mehr darauf. Es war gleichgültig geworden. Dem Anschein nach hatte sie sich an die anhaltende Helligkeit gewöhnt. Die absurdesten Ideen schwirrten ihr im Kopf herum. Konnte es sein, dass es hier nie wieder eine Nacht geben würde? Vielleicht gab es gar keine Zeitrechnung? Oder war es möglich, dass für sie selbst eine ganz andere Zeit galt? Eigentlich ein großer Irrsinn, doch war das, was sie gerade erlebte, nicht ein noch größerer Irrsinn? Das Universum war unvorstellbar in seiner Größe, welche niemals erforscht werden konnte. Ebenso war der Begriff „Zeit" nicht wirklich zu erklären. Gitta fasste sich an den Kopf. Nein, auch sie musste das nicht erklären. Was bildete sie sich ein? Schon wesentlich schlauere Köpfe hatten sich an derartigen Fragen festgebissen, haben ein Leben lang geforscht und keine Erklärung gefunden.

Manchmal weinte sie, doch dann war ihr Blick verschleiert, und sie rief sich immer wieder ins Gedächtnis, dass sie schließlich keinen Mangel litt. Sie war gesund, hatte keine Verpflichtungen und durfte in einer wunderschönen Gegend leben. Es ging ihr gut. Nachdem sie sich dies wiederkehrend eingeredet hatte glaubte sie es sogar ein wenig und hörte auf zu weinen. Dessen ungeachtet versank sie immer tiefer in Grübeleien, und die Vereinsamung nagte zunehmend an ihrem Lebensmut. Sie fragte sich manchmal, was denn nun schlimmer sei, ihre frühere Begegnung mit den Steinen und die Ausweglosigkeit aus deren Wirkungsbereich oder diese grenzenlose Einsamkeit. Letztendlich kam sie zu dem Schluss, dass es immer die gegenwärtige Lage ist, die Not aus einem Dilemma herauszufinden, welches gerade eben geschieht.
„Da wo's grad weh tut, tut's am wehsten." Von wem stammte dieser Spruch? Von Papa? Nein, eher von ihrem verrückten Mathelehrer.

Verdammt nochmal mit Lehrer Groß, verdammt nochmal mit der gesamten Schulklasse! Verdammt - verdammt!

Dann kam eine Zeit, in der ihr die Sinnlosigkeit ihres eigenen Daseins so deutlich vor Augen stand, dass sie nicht mehr leben wollte. Ihre Eltern waren wahrscheinlich schon lange der Meinung, dass sie nicht mehr existiere, und da war es doch nur recht und billig, einfach mit dem Leben aufzuhören. Nur über das „Wie" war sie sich nicht im Klaren. Eigentlich müsste es ganz einfach sein. Sie brauchte doch nur mit dem Atmen aufzuhören. Der Wunsch allein reichte jedoch nicht, und ihr wurde klar, dass es Grenzen gab und dass man nicht nach Lust und Laune sein Schicksal gestalten konnte, wie es einem grad in den Sinn passte.
Fügen musste sie sich, fügen, auch wenn ihr dies so entsetzlich sinnlos vorkam.

Dann wiederum kam eine Zeit, in der sie abermals rastlos umherzog auf der Suche nach etwas Neuem, nach irgendwas, nach einem Abenteuer, ganz gleich was es denn wäre. Die grüne Farbe bereitete ihr zunehmend Kopfschmerzen, und folglich lief sie meistens nur im Kreis herum, aber dies merkte sie nicht einmal, denn die Gegend war überall gleich.

Und dann geschah etwas, zwar kein Abenteuer, nur ein kleines Pflänzchen inmitten dieser endlosen Weite Es fiel gleich auf, weil es anders aussah als das permanente Grün.

Dieses Pflänzchen war nämlich blau, eine blaue Blume, ähnlich einem Veilchen, für Gitta eine wahre Sensation in diesem grünen Weltenraum. Demzufolge pflegte und hegte sie das Pflänzchen, führte ihm mit den Händen täglich frisches Wasser zu und beobachtete jede Veränderung im Wachstum. Sie bildete sich ein, ein menschliches Gesicht in der Blüte zu erkennen. Demzufolge lag sie oft daneben auf dem Boden und hielt Zwiegespräche mit dem Blümchen, und so kehrte tatsächlich Stück für Stück ihre Lebensfreude zurück. Es drängte sie, sich auf den Weg zu machen, um nach weiteren Pflanzen dieser Art zu suchen. Allerdings hielt sie die Sorge, womöglich nicht mehr zurückzufinden an diesen Platz, davon ab. Die Entscheidung darüber, ob sie hierbleiben solle oder nicht, wurde ihr allerdings jählings abgenommen, denn es kam, wie es kommen musste. Das Veilchen verwelkte und ging ein.

Vertieft in das Schicksal dieser Pflanze beschloss Gitta, nicht genauso dahinwelken zu wollen wie diese. Alles nur das nicht. Währenddessen spürte sie deutlich, wie sich bereits tot geglaubte Energien in ihrem Inneren wieder regten und ausdehnten. So gestärkt beschloss sie, nicht aufzugeben, solange noch ein spärlicher Funken Kraft durch ihre Adern strömte. Auf einmal hatte sie es sehr eilig von diesem Ort fort zu kommen. Jedenfalls war es tausend Mal besser, als in der Einöde zu verharren bis womöglich nichts mehr von ihr übrig wäre und sie eingehen würde, wie die blaue Blume. Keineswegs durfte es ihr so ergehen wie dem Veilchen.

Außerdem, was hatte sie zu verlieren? Nichts! Nach diesen Erkenntnissen packte sie ihren letzten Rest von Willensstärke zusammen. Nun hätte sie nichts mehr aufhalten können. Daher wartete sie nicht, sondern machte sich augenblicklich auf eine Reise mit ungewissem Ziel. Es zog sie fort, geradeaus, weiter und immer weiter, bis sie kaum noch ihre Füße spürte. Beharrlich achtete sie darauf, die Richtung beizubehalten und sich nicht mehr fortwährend im Kreis zu bewegen. Ohne Orientierungs- merkmale war dies schwierig, und sie musste höllisch aufpassen, nicht von ihrer geraden Linie abzuweichen. Als sie die bereits bekannte Nebelwand erreichte, hätte sie jubeln mögen. Endlich eine Unterbrechung der Eintönigkeit. Die Nebelschleier wirkten genauso wie beim ersten Mal, grau und undurchsichtig. Nun, da sie ihre Furcht vor dem dichten Nebel hinter sich gelassen hatte, wandte sie sich mutig dieser grauen Wand zu - um rasch hindurchzugehen, schnurstracks in eine Richtung. Die Frage, was wohl dahinter zu finden sei, trieb sie voran.

Aber da kam nichts, jedenfalls nicht sogleich. Durch die immer dichter werdenden Nebelschwaden konnte sie nichts mehr wahrnehmen, aber sie hatte keine Angst mehr. Stattdessen stieg ihre Spannung bei jedem weiteren Schritt. Irgendwann mussten sich diese Dunstschleier doch lichten. Von der Feuchtigkeit des Nebels völlig durchnässt, nahm sie von weitem plötzlich ein undefinierbares Rauschen wahr. Merkwürdig, denn es hörte sich an wie das Zischen einer

Wasserspülung. Allerdings wurde das Rauschen zunehmend lauter, je weiter sie sich einem vermutlich baldigen Ende dieser Nebelwand näherte. Vor Aufregung wurde sie total zappelig. Das Getöse, mittlerweile dröhnend wie ein Donnerhall, erinnerte zunehmend an ein Unwetter mit Starkregen. Fast schmerzte es in ihren empfindsamen Ohren, welche derart laute Geräusche nicht gewohnt waren. Oder hatte sie schon zu viel zu lang in absoluter Stille verbracht? Als endlich ein Hauch von Tageslicht durch die sich langsam lichtenden Nebelschleier drang, hastete sie ungestüm weiter, immer schneller. Das Gedröhne hörte nicht auf. Als sich schließlich der letzte Rest von Nebel verflüchtigte, war Gita nicht mehr zu bremsen. Fieberhaft entfloh sie dem Dunstkreis.

Etappe IV
0100
am Wasser

Das Erste, was sie sah, war ein einzigartiger Regenbogen, so ausgedehnt, als würde er von einem Ende der Welt bis zum anderen ragen. Obwohl stark geblendet, konnte sie nicht aufhören nach oben zu starren in einen Himmel, der nicht mehr gelb war wie ein ausgetrocknetes Stoppelfeld im Herbst, sondern dessen Bläue nur von dem bunten Regenbogen durchbrochen wurde. Kleine Schleierwölkchen ließen ab und zu ein paar spärliche Regentropfen nach unten fallen. Dann erst erfasste sie den See, welcher unmittelbar vor ihren Füßen lag, in seiner ganzen Ausdehnung. Ruhig und majestätisch schimmerte dessen Wasser soweit ihr Auge reichte. Er war so groß, dass ein gegenüberliegendes Ufer mit bloßem Auge nicht zu erkennen war. Eine Weile stand Gitta vor dieser eindrucksvollen Natur - unbeweglich und staunend - und ohne es zu wollen kullerten ein paar Tränen über ihr Gesicht. Doch woher kamen das Brausen und dieses andauernde Getöse? Diese Frage sollte bald beantwortet sein, denn bereits nach wenigen Schritten auf eine Anhöhe entdeckte sie die Ursache: Ein riesiger Wasserfall, etwa hundert Meter entfernt, stürzte in die Tiefe. Trotz aller Faszination beim Betrachten dieses gewaltigen Naturphänomens setzte zeitgleich ihr rationales Denken ein. Einerseits fürchtete sie am Ende angekommen zu sein - am Ende von was? Am Ende der Welt? Andererseits, es ging immer weiter. Das Universum war unendlich, und dies bedeutete doch auch ein wenig Hoffnung.

Bloß, was sollte sie tun - den See durchschwimmen? Immerhin war sie Rettungsschwimmerin gewesen - im Schwimmbad. Lachhaft, als ob dies genügen würde. Eine Möglichkeit stand natürlich offen - wieder zurück in die Einöde. Doch dieser Rückzug wäre gleichzusetzen mit Resignation. Was hinter der Nebelwand zu erwarten war, kannte sie zur Genüge, denn am Ende war sie vor dieser trostlosen Einsamkeit geflüchtet. Nein, nein und nochmal nein! Viel zu viel Zeit hatte sie bereits dort vergeudet. Und jetzt? Klein beigeben, nach allem was sie bereits durchlebt hatte? Sie hatte schließlich beschlossen, nicht weiter dahin zu vegetieren wie eine unscheinbare Pflanze in der grünen Eintönigkeit. Also gab es nur die Flucht nach vorne.
So straffte sie ihre Schultern und schaute sehr lange und sehr nachdenklich über den See.

Mit verhaltenem Atem hörte sie dem seichten Wellenschlag zu, musste sich jedoch einlassen in das Gebrause der fallenden Wasser. Trotz allem Getöse umhüllte sie die Macht des Schlafes, doch als sie erwachte hatte sich nichts verändert. Der Schlummer hatte sie keinen Deut weitergebracht, denn immer noch waren diese quälenden Zweifel präsent - mittlerweile mächtiger als zuvor. Sie musste sich entscheiden, so oder so. Sollte sie nun den Kampf mit den Wassermassen aufnehmen? Konnte sie es wagen? Selbst wenn es ihr gelingen sollte, den See zu durchschwimmen. Was kam danach? Wo hörte er auf? Was befand sich auf der anderen Seite?

Vielleicht hörte dieser See gar nicht mehr auf, sondern öffnete sich hin zum Ozean. Würde sie im Meer ertrinken? Irgendwo hatte sie mal gelesen, dass, bevor man ertrinkt, eher an Unterkühlung stirbt. Na, das war ja mal tröstlich. Trotz allen Widerwärtigkeiten verzog sich ihr Gesicht zu einem bösen Grinsen, und sie fand, das war immerhin kein schlechtes Zeichen. Noch lebte sie, noch sie war neugierig, noch hatte sie der Mut nicht völlig verlassen. „Also", sprach sie laut vor sich hin:

„Auf was warte ich noch?"

Nun, nachdem sie diese schwierige Entscheidung getroffen hatte, trat sie beherzt den Weg ins kühle Nass an. Eine ziemliche Strecke musste sie durch knietiefe Pfützen waten, bevor sie sich endlich ins wunderbar weiche Gewässer gleiten lassen konnte. Zuerst war es einfach nur herrlich, und auf dem Rücken liegend ließ sie sich treiben in einer Art Schwerelosigkeit. Sie genoss es, wie ihr Körper angenehm umspült wurde. Während sie sich langsam vom Ufer entfernte, richtete sich ihr Blick gedankenverloren nach oben zu den dünnen Schleierwolken in diesem unendlichen Blau. Doch dieses Wohlgefühl währte nur kurz, und sie wurde unbarmherzig in die Wirklichkeit zurückgeholt, als sie nämlich feststellte, dass das Donnern des Wasserfalles stetig lauter wurde. Unbeabsichtigt, regelrecht leichtsinnig war sie dem Gefälle bereits viel zu nahegekommen. Zunehmend dem Ernst der Lage bewusst, teilte sie nun das Wasser mit kräftigen Stößen, um wieder zurück zu rudern. Zu spät, denn sie spürte einen immer stärker werdenden unterirdischen Sog, dem sich ihr Körper nur schwer entziehen konnte und der sie unweigerlich diesem teuflischen Abgrund näherbrachte. Trotz intensiven Armbewegungen schaffte sie es bald nicht mehr, sich gegen die geballte Kraft des Wassers zu wehren. Meter für Meter wurde sie in diese eine Richtung gezogen. Es war unmöglich zum Ufer zurück zu schwimmen, denn den starken Strömungen war sie nicht gewachsen.

„Zum Glück bin ich eine gute Schwimmerin", sagte sie sich tapfer, jedoch wurde ihr zunehmend klar, dass sie hier definitiv an ihre Grenzen stieß. Immer näher kam sie dem Gebrause des Wasserfalles. Die drohende Gefahr buchstäblich vor Augen konnte sie nichts mehr tun als abzuwarten. Es war nicht schwer, sich vorzustellen was dort mit ihr geschehen würde, doch nun gab es kein Zurück mehr. Sie begriff, dass sie diesen Kampf verloren hatte noch ehe er begann. Aufgeben? Selbst wenn sie weiterkämpfen wollte, dafür war es zu spät. Mit weit aufgerissenen Augen sah sie in die schäumende Gischt weit unter ihr, und dies war das letzte was sie bewusst mitkriegte. Ihr Schreien ging unter in dem lauten Gedröhne. Rasant schnell wurde sie in die Tiefe gerissen. Trotzdem begegnete ihr das Schicksal noch irgendwie gnädig, denn es ersparte ihr alle weiteren

Überlegungen. Unfassbar, aber sie überlebte diesen tiefen Fall.

Was danach geschah raubte ihr fast die Sinne. Sie fand sich in einem reißenden Strom. Schäumende Wassermassen rissen ungebremst an ihren Gliedern, spielten mit ihr, als wäre sie ein Stück Holz oder ein Baumstamm, warfen sie mal hierhin, mal dorthin. Die Strömung, wild und ungestüm, zerrte an ihrem Körper, um ihn unablässig aus der Bahn zu werfen. Tosende Wellen rauschten über ihren Kopf hinweg und raubten ihr die Luft zum Atmen. Ihre letzten Kraftreserven drohten zu schwinden. Selbst die Arme wollten ihr nicht mehr gehorchen. Der Sog unter den Füßen fühlte sich an, als würden bleierne Gewichte diese nach unten ziehen. Halb besinnungslos wurde ihr wehrloser Körper vom Wildwasser und den ständig nachkommenden Stromschnellen in alle Richtungen geschleudert.

Die nackte Angst ums Überleben stürzte auf sie ein, und Panik schnürte ihr die Kehle zu. Doch es gab keine Pause, denn unablässig warfen peitschende Wellen sie hin und her. Schwach und ausgelaugt konnte sie sich letztendlich nur noch treiben lassen. Nach einer gefühlten Ewigkeit beruhigte sich der Strom, langsam zwar, doch stetig. Gitta war endlich in stilles Fahrwasser gekommen und stellte überglücklich fest: Sie lebte noch. Nach und nach konnte sie ihren zerschundenen Körper wieder spüren.

Allerdings fühlte sie nur Schmerzen.

Ganz plötzlich entdeckte sie weit draußen am Horizont die Silhouette eines kleinen Schiffes, welches gemächlich durchs Wasser glitt. Sie konnte es kaum glauben. War das echt oder nur eine Illusion? Als sich daraufhin ihr Blick unbewusst nach oben richtete, bemerkte sie dort eine einzelne weiße Wolke mit dem seltsamen Schriftzug: *L E A*. Waren dies Halluzinationen, denen sie schutzlos ausgeliefert war, oder handelte es sich um eine Fata Morgana? Nein, nein, sie hatte gelernt, dass es so etwas nur in der Wüste gab. Daraufhin tasteten sich ihre Blicke suchend über die glatte Wasserfläche. Doch so sehr sie ihre Augen auch zu schärfen versuchte, da war kein Gefährt mehr zu sehen, sondern lediglich der sanft dahinströmende Fluss. Die Wolke war ebenfalls verschwunden. Ein weiter Himmel wölbte sich über den Fluss, endlos blau und wolkenlos.

Jetzt fiel es Gitta wie Schuppen von den Augen, und für sie stand fest, dass es sich sowohl bei dem Boot als auch bei dieser Wolke um Trugbilder handeln musste. Sinnestäuschungen, freilich, die gab es, davon hatte ihr Papa mal erzählt. Sie zermarterte sich den Kopf, konnte nicht aufhören zu grübeln, soweit ihr das in ihrem derzeitigen Zustand überhaupt möglich war, doch ihre Gedanken sprangen von einem Extrem ins andere, und ließen sich partout nicht festhalten. Sollte diese sonderbare Reise von Anfang an nur eine Fiktion gewesen sein? Nach allem, was sie erlebt hatte, wäre es eine schlüssige Erklärung.

Gegen diese These sprachen allerdings ihre zahlreichen Blessuren an Armen und Beinen. Oh ja, diese Schmerzen waren real, mit Sicherheit keine Einbildung. Oder doch?

Voller Verzweiflung versuchte sie irgendwie ihre Sinne beisammen zu halten, jedoch ihre Gedankensprünge machten sich andauernd selbständig. Das erfüllte sie mit Schrecken, denn sie hatte keinen Einfluss mehr auf ihre ureigenen Ideen. Es wollte ihr nicht gelingen, sich auf eine bestimmte Sache zu konzentrieren und schweifte immer wieder von vertrauten Vorstellungen und Erkenntnissen ab. War sie fremdgesteuert? Wer oder was hatte Besitz von ihr genommen? Sie kam auf die absurdesten Ideen. Vielleicht lebte sie ja längst nicht mehr oder befand sich in einer Art Zwischenwelt. Vielleicht war sie auf einem unbekannten Planeten gelandet, irgendwo im All. Vielleicht war sie zu einem Stein mutiert und merkte es nicht. Nach den eigenartigen Erlebnissen hielt sie vielerlei für möglich. Hella - immer wieder kam ihr Hella in den Sinn. Hilfe!

Doch ganz gleich, wie sich ihre derzeitige Lage darstellte; um etwas Klarheit zu kriegen musste sie erneut eine Wahl treffen. Gitta hasste Entscheidungen, aber diese Frage drängte sich auf: Sollte sie sich von der Strömung weiter ins Ungewisse tragen lassen, oder sollte sie sich alsbald auf festen Boden begeben?

Während sie bereits Ausschau nach einer seichten Uferstelle hielt, sichtete sie plötzlich über der glatten Oberfläche des Flusses erneut das Ruderboot. Täuschung hin oder her, die Umrisse eines einfachen Kahns hoben sich sehr deutlich vom Hintergrund der Wasserfläche ab. Sie konnte sogar eine menschliche Gestalt im Boot erkennen, eine merkwürdig kleine Kreatur. Ein Kind? Nein, ein Kind war es nicht. Dagegen sprachen die weißen Haare, welche im Wind flatterten. Was besonders ins Auge fiel, war ein korallenroter Schal, welcher dieser Person fröhlich um die Schultern wehte. Der Fremdling ruderte mit zwei einfachen Holzlatten langsam und kraftvoll stromabwärts. Gitta hatte schon so lange keinen Menschen mehr zu Gesicht bekommen. Wer um Himmels Willen konnte das sein? Daher verwarf sie im gleichen Moment den Plan, geradewegs ans Ufer zu schwimmen und aus dem Wasser zu steigen. Ohne das Boot aus den Augen zu verlieren, versuchte sie, sich die Strömung zunutze zu machen und kraulte so schnell sie nur konnte auf dieses Gefährt zu. Was bewegte diesen Ruderer dazu, allein über das Wasser zu fahren? Ein Einsiedler? Gitta war geschwächt und überdies viel zu aufgeregt um einen klaren Gedanken zu fassen, denn dann hätte sie folgern können, dass sich normalerweise dort, wo ein Mensch lebt, es in der Nähe eine Ansiedlung geben müsste - eine Ortschaft.

Aufgewühlt wie noch nie in ihrem jungen Leben versuchte sie vehement sich durch lautes Rufen und Zuwinken bemerkbar zu machen. Doch der Fremde reagierte nicht.

Warum? Konnte er nicht hören? Wie wild zappelte sie mit Armen und Beinen, und dann - endlich - nach einer halben Ewigkeit blickte dieser in ihre Richtung, wohl eher zufällig, denn er winkte aufs äußerste überrascht zurück. Er lächelte. Daraufhin paddelte er mit voller Kraft gradewegs auf Gitta zu, zog sie mit seinen starken Armen aus dem Wasser und hüllte sie in eine Decke. Währenddessen sprach er kein einziges Wort.

Zu erschöpft, um sich zu wehren, genoss Gitta die wohltuende Fürsorge dieses Unbekannten. Dem Aussehen nach war es ein älterer Mann, aber er war ein gutes Stück kleiner als sie. Er hatte ein äußerst freundliches Gesicht mit einer hohen Stirn und hellen Augen. Und dann zauberte dieser Fremde aus den Tiefen des Paddelbootes eine Flasche hervor und bot ihr wortlos einen Schnaps an. Gitta hatte noch nie in ihrem Leben Schnaps getrunken, aber dieses Getränk war wahrscheinlich das Einzige, was der Mann mit sich führte, und so nahm sie gehorsam einen gehörigen Schluck. Das scharfe Getränk rann wie Feuer durch ihre Kehle, und sogleich fühlte sie einen Strom wohliger Wärme, die sich im ganzen Körper ausbreitete. Dieses überaus behagliche Gefühl dehnte sich aus bis in die Fußspitzen. Weil der Mann weiterhin schwieg, sagte auch Gitta nichts. Still und erschöpft lag sie auf dem Boden des Paddelbootes und genoss diese unsagbar angenehmen Augenblicke und - war in der gleichen Sekunde fest eingeschlafen.

Etappe V
0101
bei Freunden

Beim Aufwachen fühlte sie sich wie zerschlagen. Das lag nicht nur an dem düsteren Albtraum, dessen Inhalt sie bereits vergessen hatte, sondern vor allem an den zahlreichen Blessuren, welche sich über ihrem gesamten Körper ausbreiteten. Gewiss hatte sie vor Erschöpfung lange geschlafen. Dessen sicher konnte sie allerdings nicht sein, war doch in der Einöde ihr natürliches Gefühl von Hell und Dunkel verloren gegangen. Eine lähmende Angst kroch ihr über den Rücken, als plötzlich sonderbare Laute an ihr Ohr drangen, Es hörte sich an wie eine fremdartige Melodie, „ÜA" und „AÜ." Immer wieder hörte sie die aneinander gereihten Töne. Aus Vorsicht, eigentlich mehr aus Furcht, fand sie es besser, sich weiterhin schlafend zu stellen.

Als sie schließlich ihre Augen aufschlug und vorsichtig blinzelte gewahrte sie, dass sie sich in einem richtigen Zimmer befand - in einem richtigen Haus! Nach den Erlebnissen der vergangenen Zeit war dies gänzlich ungewohnt, zugleich so schön, dass sie für einen kurzen Moment am liebsten vor Freude laut gesungen hätte. Dann blickte sie sich um. Sie war allein. Sie lag auf einer Art Matratze, die aus mehreren warmen Decken bestand. Eine davon war ihr unter den Kopf geschoben worden. Überaus gemütlich, stellte sie fest. Wer hatte sie hierhin gebettet? War es die Person aus dem Ruderboot?

Ihre Augen schweiften weiter bis zu der gegenüberliegenden Wand. Dort befand sich ein viereckiges Fenster mit Vorhängen, weiß und durchsichtig. Draußen war es hell, und sie konnte ein Dach aus Stroh erkennen, welches sich über ein weiteres Haus wölbte. Ob sie sich in einem ähnlichen Gebäude befand? Noch mehr beschäftigte sie die Frage, ob es an diesem fremden Ort wieder eine richtige Nacht geben würde, so dass sie den Tag und die Nacht wieder begreifen konnte. Unaufhörlich durchforsteten ihre Blicke den Raum. Neben ihrer Liegestätte stand eine stabile Holzkiste mit einer glatt polierten Oberfläche. Obwohl diese lediglich eine Höhe von etwa einem halben Meter aufwies, war sie vermutlich als Tisch gedacht. Zwei ähnliche Kisten standen an der Wand unter dem Fenster. Ein abgesägter dicker Baumstamm erinnerte sie wegen der geringen Höhe an eine Sitzgelegenheit aus dem Kindergarten. Erst jetzt beschnupperte sie den Inhalt eines Gefäßes, welches auf der Kiste stand. Dieses war randvoll gefüllt mit einer dickflüssiger bräunlich-weißen Suppe. Prompt verspürte sie ein stechendes Hungergefühl im Magen, aber sie traute sich nicht, davon zu kosten. Ja, sie wagte nicht einmal, sich bemerkbar zu machen, geschweige denn, die gegenüberliegende Tür zu öffnen. Misstrauisch geworden, total verunsichert verhielt sie sich ruhig und kuschelte sich noch etwas fester in die Decken. Alles schien neu und unwirklich. Konnte es denn wahr sein, dass sie endlich wieder in der Zivilisation angekommen war und sich unter menschlichen Geschöpfen befand? Das wäre zu schön, doch noch erschien es ihr wie eine Illusion. Zu sehr war sie aus der Bahn geworfen, und ihr gewohntes Weltbild stand auf den Kopf. Lange hielt sie die Ungewissheit allerdings nicht aus, und dann wickelte sie sich entschlossen aus ihrer Decke, um aufzustehen. Fast hätte sie vor Schmerzen geschrien, denn unbarmherzig machte sich ihr zerschundener Körper bemerkbar. Als sie an sich herunterblickte, bekam sie das kalte Grausen. Ihre Gliedmaßen waren über und über mit Hautabschürfungen und Hämatomen bedeckt.

Dessen ungeachtet versuchte sie dennoch auf die Beine zu kommen, langsam und vorsichtig, und stellte erleichtert fest, dass sie offenbar keine Knochenbrüche davongetragen hatte. Na, das war ja mal beruhigend. Der Wohlgeruch aus dem Gefäß stieg ihr erneut in die Nase, und nun konnte sie nicht mehr widerstehen. Erst schlürfte sie nur ein wenig davon. Der Inhalt war noch warm, also musste sich bis vor kurzer Zeit jemand in diesem Raum befunden haben, jemand der es gut mit ihr meinte. Die Suppe schmeckte nach Kartoffeln mit irgendwelchen unbekannten Kräutern und Gemüsearten; nach der grünen Masse der vergangenen Zeit einfach nur köstlich. Während sie hastig die ganze Schüssel leerte fiel ihr ein, dass Kartoffeln zu den Nachtschatten-gewächsen gehörten. Wuchsen Nachtschattengewächse in der Nacht?

Wie lange sie in der grünen Oase zugebracht hatte, konnte sie partout nicht einschätzen, so sehr sie auch darüber nachdachte. Selbst Robinson Crusoe hatte die Tage auf seiner einsamen Insel zählen können, nachdem er sich eine

Art Strichelkalender gebastelt hatte. Aber wie hätte sie Tage zählen können, in einer Umgebung wo es keine Nächte gab? Unmöglich! Vielleicht hatte sie nur einen einzigen langen Tag dort in der Öde verbracht. Nein, diesen Gedanken verwarf sie noch bevor sie ihn zu Ende gedacht hatte. Dies wäre zu abwegig, denn mitunter hatte sie das Gefühl, ihr halbes Leben in dieser trostlosen Isolation verbracht zu haben. Aber egal, sie hatte es überstanden. Es war vorbei, vorbei auch die grässliche Zeit bei den grauen Steinen. Daran wollte sie schon gar nicht mehr denken, sondern am liebsten vergessen und sie ein für alle Male aus dem Gedächtnis streichen. War das möglich? Viel wichtiger war die Frage, ob es hier an dem neuen Ort einen Wechsel zwischen Hell und Dunkel gab. Vielleicht würde sie sich dann auch so einen Kalender machen wie der einsame Mann auf seiner Insel, um endlich wieder die Tage und Nächte zählen zu können.

Von nebenan drangen indes die merkwürdigsten Töne zu ihr herein. Die andauernden Ü-Laute waren nicht zu überhören. Gitta fühlte sich zurückversetzt in eine Chorprobe, zu der sie ihre Freundin Malena einmal überredet, sie danach aber nie wieder gefragt hatte. Sie hatte das sogenannte Einsingen dort nämlich furchtbar albern gefunden. Da wurden keine Lieder gesungen, nein, nicht einmal die Tonleiter do re mi fa so…, sondern fortlaufend nur ÜÜÜ. Die Laute hinter der Tür hörten sich fast genauso an wie die damaligen Proben der Sopranstimmen, und Gitta fiel es nicht leicht, ein lautes Prusten zu unterdrücken.

Dies hielt sie jedoch nicht davon ab, weiterhin interessiert diesen fremdartigen Stimmen, zu denen sich mittlerweile ein sonores O gesellt hatte, zu lauschen. Aber der Singsang hörte nicht auf, sondern ging offenbar in die nächste Phase über. Neue Stimmen mischten sich ein, und es entstand eine lebhafte Unterhaltung.

Diese Zusammenkunft der unterschiedlichen Stimmen deutete auf einen angeregten Wortwechsel hin. Aber damit nicht genug, der Sprechgesang schien noch lange nicht zu Ende zu sein. Im Gegenteil, nun kamen E- und A-Laute hinzu. Gitta verstand keine einzige Silbe, doch während sie dem Fluss dieser merkwürdigen Worte zuhörte, kam sie fast zu der Überzeugung, deren Bedeutung zu erfassen, sozusagen den Sinn der Dialoge zu verstehen. Was sollte sie tun? Aufstehen und die Tür öffnen? Das wäre so einfach. Gitta war nicht feige, trotzdem zögerte sie und harrte der Dinge.

Dabei war Geduld noch nie ihre Stärke gewesen, doch so sehr sie die Neugier auch plagte, eine seltsame Scheu hielt sie zurück. Sie wartete ab, obwohl sie darin keine Übung hatte. Daheim musste immer alles schnell gehen. Wenn möglich setzte sie ihre Ideen spontan in die Tat um, meist ohne lange darüber nachzudenken. Unterdessen nahm die Lautstärke hinter der Tür beständig zu, was den Anschein erweckte, dass diese Versammlung mittlerweile nicht gerade friedlich ablief. Mehr und mehr hörte es sich nach einem aufgeregten Streitgespräch an. Doch dann auf einmal - die Unterhaltung wurde noch geräuschvoller – kamen die

Stimmen näher. Ängstlich verkroch sich Gitta unter ihrer Decke und krümelte sich wie ein kleines Paket zusammen. Obwohl sie spürte, dass sich jemand sorgenvoll über sie beugte, blieb sie still und lauschte. Jedoch dieses AU und EU und immer wieder Ü, da konnte sie nicht anders, als schließlich Augen und Ohren weit aufzureißen. Just in diesem Augenblick brach großer Jubel unter den kleinen Menschen aus. Die Debatte nahm nun richtig Fahrt auf, laut und lebhaft, dabei uneingeschränkt wohlklingend. Gitta konnte die reine Freude hautnah miterleben. Da war nichts gestellt, dieser Frohsinn war echt und mündete schließlich ein in einen gleichmäßigen Sprechgesang. Unverkennbar hatte man sich auf einen gemeinsamen Nenner geeinigt, denn daraufhin nahm man sich Zeit zum Luftschnappen, um sich unter zufriedenem Murmeln nach draußen zu begeben. Gitta hatte ähnliches noch nie erlebt und war total beeindruckt. Doch das Beste war, ihre Angst war wie weggeblasen.

Nach einer kleinen Weile kamen zwei von ihnen zurück, der Mann aus dem Ruderboot und ein überaus hübsches Wesen, das offensichtlich seine Partnerin war. Er stellte sie mit ÜÜ vor und verbeugte sich dabei mehrmals. Die beiden Leutchen strahlten sie mit ihren überaus hellen Augen an und funkelten dabei wie frisch geputzte Fenster in der Morgensonne. Augenblicklich schwappte dieses Leuchten auf Gitta über. Es war wie Magie. Auch ohne Worte verstand sie, dass dieses Ü in Verbindung mit Freude und

Glück zu definieren war. Das doppelte Ü also war der Name dieser Frau. Diese signalisierte, dass ihr Mann den Namen UU tragen würde. Diese Bedeutung konnte Gitta nicht sogleich erkennen, doch sie fühlte nichts als Wohlbehagen. ÜÜ blickte Gitta bekümmert an, wobei sie wieder und wieder nach O fragte. Dass dies eine Frage war, erkannte Gitta eindeutig daran, dass sich die Stimme am Ende erhob. Dass sie sich nach ihrem Befinden erkundigte, im Besonderen, ob sie denn hungrig wäre, ging eindeutig aus ihrer Mimik hervor. ÜÜ signalisierte, dass sie die Verletzte gerne verwöhnen möchte. Dabei schien es ihr nichts auszumachen, dass diese mindestens einen Kopf größer war und sie deshalb zu ihr aufschauen musste. Gitta nickte. „Ja, ich bin hungrig." Das Leuchten aus den hellen Augen von ÜÜ schuf eine ganz neue Verbindung weit über die Sprache hinaus.

Ihr Mann ging nach draußen wegen U, und als Gitta ihm hinterher blickte, sah sie, dass er damit begann, emsig ein Gemüsebeet zu bearbeiten. Aha: U heißt Arbeit, folgerte sie. Diese Menschen lebten im Einklang mit der Natur, waren Bauern oder Fischer. Gitta ließ sich gern auf deren schlichte Sprache ein und fand, für den ersten Tag ihres Hierseins waren es immerhin drei Begriffe, mit denen sie durchaus etwas anfangen konnte.

Das war ganz schön viel für einen einzigen Tag.

An den folgenden Tagen hatte Gitta hinreichend Gelegenheit, dieses muntere Völkchen zu beobachten, und sie stellte fest, dass alle die gleichen hellen freundlichen Augen hatten. Sie lernte rasch sich mit ihnen zu verständen. So viele Vokale und Umlaute gab es ja nicht. A bedeutete „ja" und E ein „nein." Das war ja mal wichtig. Dann wurde ihr immer wieder ein AU entgegengeschleudert, und sie erkannte, dass dieses AU Freundschaft und Liebe bedeutete. Viel stärker als die Sprache spielte darüber hinaus die Gestik eine wichtige Rolle, insbesondere die Körperhaltung. Diese Leute lachten gern und oft und waren stets in Bewegung. Sie gestikulieren nicht nur mit Händen, sondern mit Armen und Beinen, mit ihrem gesamten Körper. Sie nannten sich „Eiua". Das konnte nur Heiterkeit bedeuten, und diese Heiterkeit war derart echt und daher so ansteckend, dass sich niemand dem Zauber entziehen konnte.

In ihrer Einfachheit bestand deren Sprache mehr oder weniger aus einem Singsang, welcher Gitta stets aufs Neue faszinierte. Es kam unverkennbar auf die jeweilige Tonlage an, und so war es dieser Gemeinschaft gelungen, die einfachste Art der Ausdrucksweise zu entwickeln, die man sich denken kann, eine Art Ursprache. Und, oh Wunder, die Verständigung funktionierte, denn diese Leute waren nicht dumm, im Gegenteil. Je mehr Gitta sich ihnen annäherte, desto besser begriff sie nicht nur deren Sprache, sondern auch die Art gut zu leben und glücklich zu sein.

Bald genoss sie jeden Augenblick mit all ihren Sinnen und ließ sich fallen in dieses Meer aus reiner Freude und Verzauberung.

Warum hatte sie ähnliche Gemüter zuhause noch nie angetroffen? Derartige Vergleiche stellte sie oftmals kurz vor dem Einschlafen an, denn die Tage flogen nur so dahin und waren angefüllt mit neuen Eindrücken. Freilich liebte sie ihre Heimat und wünschte sich nichts sehnlicher, als wieder dahin zurückzukehren. Und trotzdem, sie kam zu dem Schluss, dass zuhause und auch in der Schule zwar meist ununterbrochen geredet und gelabert wurde. Es waren allerdings nur monotone Wiederholungen von ein- und derselben Sache, immer wieder ein und dasselbe, nur immer wieder mit anderen Worten. Das musste ja langweilig sein, und obwohl es unendlich viele Worte gab, und obwohl reger Gebrauch hiervon gemacht wurde, fühlte sich Gitta nicht selten total unverstanden.

Sie begann daher Vergleiche anzustellen. Komischerweise wurde sie hier bei den Eiua's immer verstanden und dies gänzlich ohne spezielle Sprachkenntnisse. Dieses Naturvolk hatte die besondere Gabe, tiefer zu blicken. Sie achteten auf jede Bewegung, auf die Mimik, und sie hörten sorgfältig zu. Gitta musste in sich hinein kichern, denn es würde sie kaum wundern, wenn UU eines Tages deutsch sprechen würde. Selbst Tiere konnten die menschliche Sprache verstehen, fiel ihr ein. Vor allem Hunde, aber sogar Katzen verstehen menschliche Laute. Bei der Katze von ihrer Freundin Malena war das jedenfalls so. Blöder Vergleich, sinnierte sie, trotzdem, dieses Volk hatte sich ihre natürlichen Instinkte bewahrt. Wahrscheinlich konnten sie sich daher so gut in andere hineinversetzen, besser als alle zivilisierten Völker zusammen. Was war das? Empathie? Sie erlebte an jedem neuen Tag, wie sich die Eiua's bewusst dafür entschieden hatten, sich ausschließlich auf wesentliche Dinge zu konzentrieren, und das bedeutete: uneingeschränkte Lebensfreude. Ihre einfache Ausdrucksweise in der Sprache unterstrich diese Haltung.

Gitta konnte sich nicht erinnern, je solch eine zufriedene Gemeinschaft kennengelernt zu haben, und es gelang ihr mühelos, sich auf die ungewohnten Klänge einzulassen und dies ohne langwierigen Sprachunterricht. Ihr gewohnter Sprachschatz war sicherlich komfortabler. Aber das war nur die halbe Wahrheit. Je mehr Zeit sie hier verbrachte, desto mehr fand sie, dass man sich zuhause viel zu wenig dessen bewusst war, die vielschichtige Muttersprache als eine echte Kostbarkeit zu begreifen. Vielfach wurde sie für sinnlose Dialoge missbraucht. Bei den sogenannten klugen Köpfen war dies nicht anders. Im Gegenteil, Gitta musste schon bei dem Gedanken an die selbsternannten Gebildeten die Nase rümpfen. Bei denen war es nämlich noch schlimmer, denn da kam die Arroganz hinzu und die Besserwisserei, diese entsetzlichen Untugenden. Da glaubte so mancher stets Recht zu haben, wenn er nur laut und vernehmlich seine Meinung kundtat. Das war nicht nur im alltäglichen

Sprachgebrauch so, sondern setzte sich fort in den Medien, vor allem bei den vielen sinnlosen meist politischen Debatten. Jedenfalls hatte sie schon früh beschlossen, sich innerlich auszuklinken aus dem arroganten Zirkel, denn sie wusste instinktiv, dass es ihr ohne die unzähligen Floskeln und Phrasen sehr viel bessergehen würde. Natürlich würde sie nie ihre eigene Sprache aufgeben wollen, doch ein paar frische Denkanstöße hie und da wären nicht verkehrt, folgerte sie. Sicherlich wäre es gut, wenn man zuerst nachdenken und die Worte sortieren würde, bevor man losposaunen täte. Leider hatte sie schon mehrfach erfahren müssen, dass unüberlegte Geschwätzigkeit auch verletzen konnte. Dabei gab es unzählige nette Arten sich mitzuteilen. Nach diesen tiefsinnigen Betrachtungen versuchte sie dieses Thema innerlich abzuschließen. Worte nichts als Worte, dachte sie noch

doch trotz allem, Worte waren wichtig, denn manchmal war es nur ein Wort, das trösten konnte.

Immerhin konnte sie wieder die Tage zählen, weil sie sich jeden Morgen mit einem scharfkantigen Stein eine kleine Kerbe in den Stamm einer Erle schnitzte, sicher so ähnlich wie der einsame Mann auf seiner Insel. Sie wusste daher, dass sie nun exakt 38 Tage mit den Eiua's lebte, zufrieden in deren einfachen Holzhäusern. Und so verging die Zeit, und ihre eigentliche Heimat irgendwo in der Mitte von Deutschland rückte in immer weitere Fernen, denn die Erinnerung daran wurde schwächer und schwächer.

Es hatte sich ergeben, dass sie angefangen hatte den Leuten Geschichten zu erzählen, immer dann, wenn der Tag zu Ende ging. Anfangs fand sie dies ziemlich schräg, jedoch augenscheinlich gefiel es den Leuten, denn sie scharten sich um sie herum, nur um ihrer Stimme zu lauschen. Nach Einbruch der Dämmerung drängten sie stets um neue Erzählungen zu hören. Und dann hingen sie wie gebannt an ihren Lippen. So gab Gitta sich redlich Mühe, obwohl sie annehmen musste, dass Niemand ihre Worte verstehen konnte. Manchmal berichtete sie von einer fernen Schattenwelt, in der Steine regierten, und wenn sie in die gutmütigen Mienen ihrer Zuhörer blickte, erkannte sie darin Bewunderung und eine zu Herzen gehende Zuneigung. Bei einigen hatte sie den Eindruck, dass sie vordringlich wegen der Sprache kamen, die sie lernen wollten. Auch das war faszinierend und sehr schön.

Eines Morgens jedoch hatte sie das untrügliche Gefühl, etwas hätte sich verändert. Aber was? Oberflächlich gesehen war alles so wie immer, doch Gitta konnte nicht umhin festzustellen, dass man sie mit Argusaugen beobachtete. Warum? Da sie hierauf keine Antwort wusste, redete sie sich ein, dass sie sich geirrt haben musste. Aber das stimmte nicht. Etwas hatte die Harmonie zerstört. Was konnte das sein?
Am Abend hörte Gitta zufällig einem lautstarken Gespräch zu, bei dem immer wieder der Laut Ä fiel. Am nächsten Morgen fragte sie daher UU was dieser häufige Umlaut zu

bedeuten hätte. Der Mann war merklich erschrocken, und unter dem Vorwand, er müsse noch Fische fangen, eilte er schnurstracks zum Fluss und ließ das Boot ins Wasser. Für den Rest des Tages ließ er sich nicht mehr blicken. Das war ja mal oberkomisch. Sein Verhalten bestürzte Gitta dermaßen, dass sie sich um die Zeit, als die Sonne senkrecht über den Häusern stand, ins Nebenhaus begab, wo sich der große Kochherd befand.

EO, eine Kochfrau, war mit der Zubereitung einer warmen Mittagsmahlzeit beschäftigt. Auch ihr stellte sie die gleiche Frage. Wie wild gestikulierte EO daraufhin mit den Armen durch die Luft und gab Gitta unmissverständlich zu verstehen, dass ein Ä nur in Verbindung mit großer Gefahr gesagt werden dürfe. In der folgenden Nacht fand Gitta keine Ruhe, zumal der Mann noch nicht von seiner Bootsfahrt zurückgekehrt war. Sie beschloss ihn zu fragen, welche Gefahr gemeint war, die sie angeblich bedrohe.

Dazu kam sie an diesem Morgen jedoch nicht, denn in der Nacht hatten sich giftige Wesen, möglicherweise schlangen-ähnliche Tiere, über die eierlegenden Hennen hergemacht und ihnen den Garaus gemacht. Wie und von woher sie ins Gelände eindringen konnten, war allen ein Rätsel. Auch von welcher Art diese Tiere waren, konnte niemand sagen. Eigentlich kam nur der Weg übers Wasser in Frage. Der Mann war mittlerweile von seiner Bootsfahrt zurück-gekommen. Eingehend hatte er das gegenüberliegende Ufer nach verräterischen Spuren abgesucht, jedoch keine

Erklärung für dieses Phänomen gefunden. Seine sorgenvolle Stirn sprach Bände. Aber nicht nur er, sondern alle Bewohner des Ortes waren verängstigt. Wie konnte es sein, dass eine Aktion wie diese Leute derart aus dem Gleichgewicht bringen konnte.

UU klärte Gitta darüber auf, dass sich nach einer alten Überlieferung eines Tages ein Spion einschleichen würde, um sein Unwesen zu treiben, bis der ganze Ort vernichtet wäre. Der Verlust der Hennen sei nur ein Anfang, ein Zeichen. „Für was?" fragte Gitta. „Für Krieg", verkündete der Bootsmann unmissverständlich, „für Krieg und Untergang", und dann bedeckte er mit beiden Händen sein Gesicht. Obwohl das schlimme Wort „Krieg" nicht in ihrer bekannten Sprache ausgesprochen wurde, erfasste Gitta inzwischen die Art und die Gebärden dieser Menschen. UU informierte weiter: Böse Mächte wären am Werk, und nachdem sie diesen noblen Flecken entdeckt hätten, würden sie Mittel und Wege finden, um den Ort und die Bewohner auszulöschen. Sie seien diesen Mächten schutzlos ausgeliefert.

Gitta verstand die Gesten und Laute, und trotzdem, nein, eigentlich verstand sie gar nichts mehr. Und sie wusste nicht, wie sie sich verhalten sollte. „Was kann ich tun?" fragte sie, doch der Mann hob nur seine Schultern. Später kam ÜÜ, seine Frau, hinzu. Mit ernster Miene bat sie Gitta, auf jede Veränderung zu achten. Auch sie berichtete von einer

Bedrohung durch Spione. Sicher sind sie schon unter uns, befürchtete sie, denn woher kämen sonst die giftigen Tiere. Das wäre nichts anderes als ein Zeichen für die große Gefahr. Die Gewissheit dieser braven Leute machte Gitta Angst, denn für irgendwelche Zweifel ließen sie keinen Raum.

Doch kaum hatte die Frau dies von sich gegeben, erschrak sie offensichtlich über sich selbst und blickte Gitta völlig entgeistert in die Augen. Gitta begriff sofort, und es war, als hätte es sie soeben eiskalt erwischt. Es war eindeutig, der Verdacht fiel auf sie. Logisch, sie allein war die Veränderung. Gitta hatte inzwischen gelernt, deren einfache Symbolik zu verstehen und auch die Gedanken dieser Siedler an deren Mienenspielen abzulesen. Sie war die Einzige, die anders aussah als alle anderen. Sie hatte nicht diese hellen klaren Augen. Sie sprach eine unbekannte Sprache. Sie war die Neue. Sie gehörte sie nicht hierher. All dies stand überdeutlich im Gesicht von ÜÜ geschrieben. Die Sache war fatal, denn sicherlich glaubten nun alle, sie sei hierhergekommen, um ihre heile Welt zu zerstören. Jedoch, warum um alles in der Welt sollte sie dies wollen? Wie konnte sie ÜÜ davon überzeugen, dass sie nicht hier war, um sie auszuspionieren? Sie war doch harmlos, wollte nichts Böses, würde nie und nimmer diesen Leuten etwas antun wollen. Warum auch? Es blieb nur eins, sie musste den richtigen Verursacher der schlimmen Dinge ausfindig machen.

In der Folgezeit bemühte man sich zwar, weiterhin irgendwie nett zu sein, doch die heitere Unbekümmertheit war zerstört. Die Spannungen stiegen. Die freundlichen Gesten fühlten sich unnatürlich an, gekünstelt, und Gitta hatte ein viel zu feines Gespür, um sich nicht zunehmend unwohl zu fühlen. Dabei war sie sich zu keiner Schuld bewusst. Sie versuchte das Wesen dieser Menschen zu ergründen und bestimmte Typen und Charaktere einzeln ins Auge zu fassen. Leider fiel ihr so gar nichts Besonderes auf, keine Unterschiede, denn die meisten waren ähnlich gestrickt, nicht nur von ihrer Art, sondern auch vom Aussehen her. Nachdem ihre Beobachtungen erfolglos blieben, versuchte sie nach einem anderen System vorzugehen. Nun nahm sie sich die Namen der Bewohner vor, um herauszufinden, ob man vielleicht daran fündig werden könnte, beispielsweise hieß einer ÖÖ, ein anderer ÄE. Sie hatte gelernt, dass ein Ö Traurigkeit signalisierte. Ä, das schlimmste Zeichen, stand für Krankheit, Gefahr und Tod. Eine Steigerung wurde stets durch Doppel- und Dreifachzeichen dargestellt.

Doch Gitta kam zu keinem Ergebnis.

Eines Tages fiel ihr Jemand auf, den sie vorher noch nie gesehen hatte und dessen Name sie nicht kannte. Obgleich sich dieser Jemand äußerlich von den anderen Bewohnern kaum unterschied, stach er etwas aus der Reihe. Er schien anders zu sein. Allein, wo kam dieser unbekannte Mensch so plötzlich her? Vermutlich war er über den Fluss zu den

Siedlern gestoßen. Dieser Mann ging Gitta nicht aus dem Sinn. Weshalb?

So oft sie ihm begegnete, begann sich ein kunterbuntes Rad in ihrem Kopf zu drehen. Wieso?

Überdies, und das bildete sie sich gewiss nicht ein, machte dieser neue Jemand ihr unverhohlen schöne Augen. Warum?

Der Gipfel war: Das tat ihr mächtig gut.

Kurze Zeit später begegnete sie dem Mann zufällig auf freiem Feld am Ufer des Flusses. Er lächelte sie an, und ohne Einleitung sagte er, und dies in akzentfreier deutscher Sprache: „Ich liebe dich."

Völlig unvorbereitet durchdrangen seine ruhigen Worte ihr innerstes Wesen, mehr als es ein Donnerschlag getan hätte. Das lag nicht nur am Inhalt dieser gewaltigen Aussage, sondern auch an dem überaus angenehmen Klang seiner Stimme. Gitta hatte ihre Muttersprache schon solange nicht mehr vernommen, doch augenblicklich war alles, was sie verdrängt hatte, wieder gegenwärtig. Wie war es möglich, dass dieser Mensch deutsch sprechen konnte? Dann fiel es ihr wie Schuppen von den Augen und sie fragte sich, ob er heimlich ihren abendlichen Erzählungen gelauscht hatte, um die Sprache zu erlernen. Es blieb ein Rätsel, und es erschien ihr ein wenig beklemmend, doch andererseits überaus prickelnd und aufregend.

Was führte der Mann im Schilde?

„Komm mit mir ins Wasser", bat er, währenddessen er sich bereits rasch entkleidete, um dann auch Gittas Kleid über deren Kopf zu stülpen. Sie wehrte sich nicht und ließ es geschehen. Im Einklang sanfter Wellen näherten sie sich einander an, und so wie die Wellen, stoben sie immer wieder auseinander. In der Mitte des Flusses fanden sich ihre nackten Körper zu einem wunderbaren Tanz, und zwei Menschen aus verschiedenen Welten schmolzen zu einer Einheit zusammen.

Beide hatten jegliches Zeitgefühl verloren. Als sie sich auf den Heimweg machten, war es bereits tiefe Nacht. Heimweg? Nach Hause?
Allein bei dem Klang dieser Worte rannen Gitta warme Schauer über den Rücken. Wie konnte es sein, dass ihr dieser fremdländische Mann ein so starkes Gefühl von Heimat zurückgab - eine ursprüngliche Geborgenheit? War es die Sprache, die sie so sehr vermisst hatte? Was war mit ihr geschehen, dass sie diesen andersartigen Menschen aus einer unbekannten Welt auf einmal so sehr liebte? Klar, in der Schule hatte es auch mal den einen oder den anderen gegeben, den man gut fand, ein bisschen Schwärmerei - manchmal auch ein bisschen mehr - aber das war nicht annähernd vergleichbar mit dem was sie hier gerade erlebte.

Er hieß AE, nannte sich aber nun Cal, und Gitta lebte von da an wie in einem Rausch. Sie konnte jederzeit zu ihm sprechen, ihm alles erzählen, was ihr auf der Seele brannte, und sie genoss es, mit all ihren Sinnen wieder heimatliche Begriffe zu vernehmen. In ihrer Seele hatte sich so viel

Ungeklärtes angestaut, weit mehr als ihr bewusst gewesen war. Cal hörte zu und sprach leise zu ihr in der Sprache, die sie von ihrer Mutter gelernt hatte, und ihre Zwiegespräche wollten nie enden. So normal dies scheinen mochte, es war ganz und gar nicht selbstverständlich. Im Gegenteil, es grenzte an ein Wunder. Es war überwältigend, so sehr, dass Gitta weder an ihre gefährlichen Erlebnisse aus der Vergangenheit dachte noch an eine Rückkehr zu ihrer Familie. Trunken vor Glückseligkeit hatte sie nur noch den einen Wunsch, Tag und Nacht mit Cal zusammen zu sein. Während der nachfolgenden Tage konnten die anderen Bewohner hautnah miterleben, wie hier zwei Menschen, die unterschiedlicher kaum sein konnten, zu einer Harmonie zusammenwuchsen.

Die Furcht vor einem mutmaßlichen Spion in ihren Reihen wurde demzufolge kleiner. Bei den meisten war die Befürchtung ohnehin bereits mehr oder weniger gewichen. Gitta befand sich aber immer noch auf dünnem Eis, denn restlos blieb ihr eine unbestimmte Unruhe der Leute nicht verborgen. Um das Misstrauen, das noch in einigen Köpfen keimte, endgültig auszulöschen, regte ÜÜ, die Frau des Bootsmannes an, ein Tanzfest für die junge Liebe zu begehen. Dieser Plan fand große Begeisterung, und es wurde ein wunderbares Fest. Die Fröhlichkeit und Unbekümmertheit brach sich ungebremst Bahn, und Gitta fühlte sich angekommen nicht nur bei den neuen Freunden, sondern am Ziel all ihrer Wünsche und Sehnsüchte. Sie hatte nun endlich die Gewissheit, uneingeschränkt in diese Gemeinschaft aufgenommen zu sein. Das Glück des neuen Paares überstrahlte den friedlichen Ort, und letzte Zweifel über die Aufrichtigkeit von Gitta lösten sich auf und verschwanden in der klaren Luft über den Dächern. Gitta fühlte sich befreit, als wäre ihr ein Stein von der Seele gefallen. Steine waren etwas Grässliches, kalt und hartherzig und - gefährlich.

Um ihre Verbundenheit zu dieser Gemeinschaft neu zu beleben, beschlossen Gitta und Cal ein weiteres Zeichen zu setzen und allen Bewohnern die Möglichkeit zu geben, eine Sprache zu erlernen, die nicht nur aus einzelnen Lauten bestehen würde, sondern auch eine Sprache, mit der man sich Geschichten erzählen konnte. Es war leicht die Menschen davon zu überzeugen, hatten sich doch die meisten sowieso schon bei den abendlichen Erzählungen die eine oder andere deutsche Vokabel angeeignet. Demzufolge waren alle höchst wissbegierig. Gitta ging ganz in ihrer neuen Rolle als Lehrerin auf und versuchte, ihren Zuhörern die eigenen Sprachkenntnisse zu vermitteln. Darin erwies sie sich aus äußerst erfolgreich und fühlte sich mächtig stolz, wenn sie sich mit ihrer Schulmappe auf den Weg zum Unterricht machte. Besonders die Kinder liebten ihre Lehrerin und hingen gebannt an deren Lippen. So wie alle Kinder auf den Kontinenten lernten sie besonders schnell und quasselten unentwegt, um mit ihren neu erworbenen

Kenntnissen anzugeben. Derweil ging das heitere Leben in der Siedlung weiter.

In den darauffolgenden Tagen führte Cal sie oft auf den Feldern umher. Mit Stolz zeigte er ihr die Fortschritte im Gemüseanbau. Es gab Kartoffelfelder wie Gitta sie von zuhause kannte. Aber es waren auch einige unbekannte Gemüsearten dabei. Auf einem Feld standen Bündel aus Flachs, Garben, welche in mehreren Reihen zum Trocknen aufgestellt waren. Unermüdlich beantwortete er alle Fragen und teilte Gitta mit, dass die Leute ihre Kleidung aus den gesponnenen Flachsstoffen anfertigten. „Seit kurzem wird auch Hanf angebaut, und wir wollen versuchen, auch daraus Stoffe herzustellen. Da wird es noch viel Arbeit geben." „Und eure Häuser?", wollte sie wissen, „woher kommt das Holz?" Und geduldig erzählte er, dass sich flussabwärts ein Wald erstrecke, der kein Ende habe. „Ein Urwald?", fragte sie. Diesen Begriff kannte er nicht, und er lächelte. „Tatsächlich könnte man diesen enormen Baumbestand so nennen."

Doch dann kam ein Tag, den es eigentlich nicht hätte geben dürfen. Gitta hatte schlecht geträumt. Normalerweise schlief sie stets tief und fest, jedoch in dieser Nacht hatte sie ein schwerer Traum in das Haus ihrer Eltern entführt, ein richtiger Albtraum.

Dort in ihrem ehemaligen Kinderzimmer sah sie zwei brennende Lichter auf einem Kerzenständer. Gitta sah auch ihre Mama, die wirkte so jung, dennoch weinte sie. Warum? Gitta versuchte mit ihr sprechen, doch ihre Mutter schaute an ihr vorbei, förmlich durch sie hindurch. Gitta rief nach ihr, schrie immer lauter, aber offenbar konnte niemand im Haus sie hören. Als sie endlich aufwachte, schweißgebadet, graute bereits der Morgen und zäher Nebel bedeckte die Dächer. Sie war total übermüdet. Die ersten Momente dieses Tages schleppten sich dahin, und plötzlich bemerkte sie gespenstische Schatten, welche am Fenster vorbeizogen. Gitta erschrak. War das eine Sinnestäuschung als Folge ihres bösen Traumes? Sie stand auf und ging ins Freie, und da sah sie diese dunklen Schatten soweit ihr Auge reichte. Cal befand sich mit den meisten Siedlern bereits am Fluss. Auch UU, der Bootsmann war dabei. Ein besonders enges Band schien die beiden zu verbinden. Gitta war erleichtert als sie Cal erblickte, aber sein Gesicht war sehr ernst, so ganz anders als sonst. Alles war anders. Und dann erfasste sie es auch: Die dunklen Schatten bestanden aus tausenden und abertausenden von kleinen Insekten, Ungeziefer, welches sich überall auf den Feldern niederließ.

Die Leute waren ausnahmslos damit beschäftigt ihre Gemüsepflanzen mit Wasser zu benetzen. Mit Holzkübeln hasteten sie unermüdlich zwischen dem Flussufer und ihren Feldern hin und her. Doch es half nicht mehr als dieser sprichwörtliche Tropfen auf einen heißen Stein, und es sah ganz danach aus, als sei die Ernte bereits verdorben. Tränen traten Gitta in die Augen, und sie musste andauernd an ihren Albtraum denken. Ihre Mutter hatte geweint. Warum?

Am Abend dieses schrecklichen Tages ging jeder stillschweigend zurück in sein Haus, nichtsahnend, dass alles noch viel schlimmer kommen würde. In den darauffolgenden Tagen zogen die grässlichen Insekten weiter und hinterließen eine Spur der Verwüstung. Beinahe alle Gemüsefelder waren zerstört. Lediglich der Kartoffelacker blieb von den Schädlingen verschont, warum auch immer. Daher war man bestrebt, die Ernte so bald wie möglich einzubringen und in den Kellern zu lagern.
Und wieder schlug die allgemeine Stimmung um, und man sprach erneut von alten Überlieferungen, von Feinden, denen man schutzlos ausgeliefert wäre - von einem Zeichen - von einem Fluch.

Das wiederum schürte das Misstrauen gegen jeden, weil man den imaginären Spion in den eigenen Reihen vermutete. Dieser sei Herr aller bösen Mächte, und er würde den Untergang ihrer heilen Welt erstreben. Gitta fühlte sich mittlerweile als Mitglied dieser Gemeinschaft. Die Ängste der Bewohner gingen daher nicht spurlos an ihr vorbei. Weder von Furcht noch von Sorgen gefeit hielt sie Augen und Ohren offen, und sie stellte fest, dass eine der Kochfrauen dunkle Augen hatte. Bislang war ihr das nicht aufgefallen. Sie glaubte, diese Person vorher noch nie gesehen zu haben. Wo kam die so plötzlich her? Das musste sie unbedingt herausbekommen, und daher lauerte sie dieser Frau auf, so oft es möglich war, um sie heimlich zu beobachten. Sie zermarterte sich ihr Hirn, denn sie wollte niemand fragen ob, und warum, und weshalb. Zuerst brauchte sie Beweise für eine mögliche Falschheit dieser Person. Nicht umsonst gab es auch in den diversen Gerichtsshows immer einen Freispruch, wenn die Beweise fehlten.

„In dubio pro reo", hieß es da.

Eines Tages ergab es sich zufällig, dass sie jener Person erneut begegnete und zwar abseits der Häuser auf dem Kartoffelacker, und da fragte sie nach ihrem Namen. Doch in deren Blick lag Unverständnis, wohl, weil diese sich sicherlich noch nicht mit der deutschen Sprache befasst hatte. Sie war noch nie beim Geschichteerzählen dabei gewesen. Eigentlich war sie vorher überhaupt noch nie hier gewesen. Als Antwort schnaubte die Frau nur ein müdes Gemurmel von sich. Allerdings bildete Gitta sich ein, wiederkehrend eine Zahl herauszuhören. Das gab ihr einen schmerzhaften Stich durchs Herz, und unwillkürlich lief ihr eine Gänsehaut über den Rücken, doch sie verdrängte gleich darauf ihre unsäglichen Gedanken. Das konnte doch nicht sein. Spielte ihr Gehörsinn ihr diesen Streich? Oder ging gerade die Fantasie mit ihr durch? Prompt korrigierte sich die Frau und meinte nun etwas deutlicher, sie wäre eine U. Völlig verwirrt konnte Gitta ihren Blick nicht wenden von diesen dunklen starren Augen. Aber das war es nicht allein.

Es war ein untrügliches Gefühl, auf das sie sich stets verlassen konnte, ein Gefühl von Angst und Schrecken. Sie musste diese Person entlarven und zwar bald, bevor ein weiteres Unglück Gestalt annehmen würde.

Als wäre sie fremdgesteuert hörte sie sich selbst sagen: „Die 1011, du bist die 1011." Diese Worte kamen von ganz alleine aus ihrem tiefsten Wesen. Sie hatte nichts dazu getan, sondern lediglich ihre Lippen bewegt. Es war, als hätte etwas Fremdes Besitz von ihr ergriffen, als würde sie manipuliert werden. Gitta hatte die Worte gerade mal formuliert; der Klang hallte noch vage nach, als ihr aus unerklärlichen Gründen ein eisiges Grausen den Rücken entlang strömte. Es kam ihr vor, als blicke sie in ein weit aufgerissenes Maul mit fletschenden Zähnen. Das war aber nur für den Bruchteil einer Sekunde der Fall. Gitta erschauerte bis in ihr Innerstes. Hatte sie Wahnvorstellungen? Befand sie sich längst in einer ganz und gar irrealen Welt, aus der es kein Entrinnen gab? Denn daraufhin blickte sie wieder nur in ein versteinertes Gesicht mit dunklen Augen. Es waren die einzigen dunklen Augen in dieser Siedlung. Alle anderen Bewohner hatten helle, sehr wache und klare Augen, und keinesfalls solch starre Gesichtsausdrücke. Dies bildete sie sich nicht ein. Das war eine Tatsache. Später in der Nacht überfielen Gitta die schlimmsten Befürchtungen. Sie zwang sich zwar zur Ruhe, doch es bestand kein Zweifel, dass sich hinter diesem regungslosen Gesicht etwas ganz Schauerliches verbarg.

War es Hellas Geist, welcher von dieser Person Besitz ergriffen hatte und der etwas Abscheuliches im Gepäck hatte? Gab es so etwas? Wenn dem so wäre, dann lag es an ihr, Hella zu bekämpfen. Sie allein konnte es vielleicht schaffen, den Fluch, der sich offensichtlich über diesem friedlichen Ort ausgebreitet hatte, zu bekämpfen.

Aber wie?

Die anderen Siedler waren viel zu gutgläubig, um irgendwas Böses in ihren eigenen Reihen zu vermuten. Sie allein kannte die Gefahr. Was sollte sie tun? Ihren Liebsten um Rat fragen? Sollte sie ihren Verdacht äußern? Würde Cal ihr glauben? Sie wollte ihn nicht traurig stimmen. In der Welt von Hella drehte sich alles um Macht. Macht war deren Lebensinhalt, und sie war bestrebt, die Herrschaft über alles und jeden an sich zu reißen. Wollte sie die Existenz menschlichen Lebens ganz und gar verschwinden lassen, auslöschen um Platz zu schaffen für - Steine? Warum? Steine kannten keine Zeit. Steine blieben für die Ewigkeit. War es möglich, dass Hella ihr Unwesen im gesamten Universum trieb um die Evolution zurück zu drängen - rückwärts? Hatte Hella sich verrannt in die immer wiederkehrende Frage der Menschheit nach Unsterblichkeit? Konnten ewige Steine die Rettung sein, der Schlüssel für Unsterblichkeit?

Allein die Vorstellung, wieviel Unheil in der Menschheitsgeschichte durch Machtmissbrauch schon stattgefunden hat, verfolgte Gitta, und es gelang ihr nicht, diese abzustreifen wie ein ausgetretenes Paar Schuhe. Im Gegenteil, der

Gedanke blähte sich auf wie ein Gespenst, das aus einer Flasche gekrochen kam um zu einer gewaltigen Höhe anzuschwellen. Und weil dieses Gespür so absurd wie schrecklich war, konnte sie nicht länger schweigen. Sie beschloss Cal alles über Hella erzählen. Zum ersten Mal berichtete sie ausführlich von ihrer Entführung und von den schrecklichen Steinen. Und während sie erzählte erkannte sie immer deutlicher die Abgründe, in denen sie geschwebt hatte. Sie ließ nichts aus, und er hörte geduldig zu. Das tat unheimlich gut, und sie fühlte sich ein wenig erleichtert, weil sie ihre entsetzlichen Erlebnisse nun nicht mehr allein tragen musste.

Obwohl Cal aus einer völlig unbekannten Welt zunächst hilflos schien, verfügte er über eine besondere Art von Scharfsinn, wie sie oft bei den Naturvölkern zu finden ist, und so kam es zu dem Plan. Noch am gleichen Tag beschlossen sie, gemeinsam den Widerstand gegen Hella aufzunehmen und für das Leben zu kämpfen, koste es was es wolle. In der Gewissheit, dass sie nun nicht mehr allein diesen bösen Mächten ausgeliefert war, schlief Gitta in der folgenden Nacht endlich wieder tief und fest.

Cal ließ nichts unversucht, sie aufzumuntern und mit allen ihm zur Verfügung stehenden Mitteln abzulenken. Es waren daher heitere Tage, die nun folgten, unbeschwertes Glück, welches sie zusammen mit ihrem Freund genießen durfte. Eines Tages zeigte er ihr ein blühendes Feld mit

Sonnenblumen soweit das Auge reichte. Er suchte eine besonders schöne Blüte aus, um sie zu trocknen und auf ein Holzbrettchen zu kleben. Gitta liebte dieses Bild und hängte es an einen Haken. Mit solch kleinen Gesten gelang es Cal immer wieder sie froh zu stimmen. Gerne und ohne zu zögern schob Gitta ihre Ängste weit von sich, um die gemeinsame Zeit in vollen Zügen zu genießen. Das Leben mit Cal war so schön, und immer wieder hatte sie das Gefühl auf Wolken zu schweben, wenn sie mit ihm zusammen war. Apropos Wolke; zuweilen musste sie an die kleine Wolke mit dem bekannten Schriftzug denken, jedoch hatte sie dieselbe nie mehr wiedergesehen.

Manchmal fragte sie sich, wie es möglich war, so schnell die Bedrohung, welche unweigerlich immer noch im Raum stand, in den Hintergrund zu drängen. Am liebsten wollte sie gar nicht mehr an all die schrecklichen Momente erinnert werden, und daher war sie schon erleichtert, dass sie die merkwürdige Frau seit damals auf dem Kartoffelacker nicht mehr zu Gesicht gekriegt hatte. Womöglich hielt sich U, oder wie immer diejenige sich nennen mochte, nur noch innerhalb ihrer Hütte auf. Oder hatte Hella Besitz ergriffen von dieser Frau, und war nun aus deren Körper entwichen? Das konnte Gitta nur recht sein, denn weder sie noch Cal verspürten den Wunsch ihr wieder zu begegnen. Sie wollte nur noch vergessen, alles Böse vergessen, vergessen und sich nicht mehr quälen.

Sie wollte nur noch glücklich sein.

VI
0110
die Zerstörung

Eines Abends saßen die beiden am Flussufer und genossen das besonders bizarre Farbenspiel der untergehenden Sonne, nichtsahnend, dass sie diese so bald nicht mehr sehen würden. Der nächste Morgen begann trübe, und man hatte das dumpfe Gefühl, eine gespenstische Spannung läge über dem Ort. Bald danach verdunkelte sich der Himmel, und es zogen gewichtige Regenwolken auf. Diese wurden dunkler und zahlreicher und prophezeiten einen heftigen Wolkenbruch.

Das Unwetter ließ nicht auf sich warten. Während der kurzen Zeitspanne zwischen den ersten Wolken-ansammlungen und ein paar vereinzelten Regentropfen hatte sich in Windeseile ein Orkan aufgebaut, der so unbarmherzig an den Wänden und Dächern der einfachen Hütten rüttelte, dass die Siedler voller Schrecken hinaus ins Freie liefen. Sie hielten sich an den Händen und stürmten zu einem am Ende des Weges gelegenen Steinhaus, welches sie „Festung" nannten. Im Gegensatz zu ihren einfachen Holzhütten war dies das einzig massive Gebäude aus Stein, welches als sicherer Unterschlupf für Notsituationen jedweder Art galt. Urplötzlich entlud sich ein wolkenbruchähnlicher Regen. Es goss wie aus Kübeln und peitschte dem kleinen Trupp die Regengüsse ins Gesicht, so dass sie kaum noch den Pfad erkannten. Fast zeitgleich dehnte sich der verheerende Sturm aus, und nur mit großer Mühe gelang es den Leuten sich vorwärts zu bewegen. Es war zwar nicht weit bis zu der rettenden Festung, aber die lehmige Erde war zwischenzeitlich von den enormen Wassermassen überschwemmt. So hasteten sie durch den Morast, und einige blieben sogar in Schlammlöchern stecken und mussten herausgezogen werden. Es gab ein wirres Durcheinander. Zu der Nässe kam urplötzlich eine Eiseskälte. Die Kleidung war bereits völlig durchnässt und klamm und drohte nun zu Eis zu erstarren. Die Regentropfen verwandelten sich zu Eiskristallen, die sich auf der Haut anfühlten wie tausend Nadelstiche. Und dann geschah es, dass mehrere Strohdächer durch die Luft gewirbelt wurden als wären es Spielzeugkisten. Jedoch der ungebrochene Überlebenswille war stark genug, so dass auch die Letzten irgendwann das rettende Steinhaus erreichten. Gitta hielt immer wieder Ausschau nach Cal. Wo blieb er nur? Endlich kam er an mit zwei kreischenden Kindern auf dem Arm. So wie die aussahen, hatte er sie aus dem Sumpf gezogen. Über und über mit Schlamm bedeckt erinnerten sie an das Jammerbild von Max und Moritz im sechsten Streich. Cal war bis aufs Äußerste erschöpft, und so verharrte man still auf dem trockenen Bretterboden und wartete auf das Ende des Unwetters.

Gitta hatte diese stabile Zufluchtsstätte vorher noch nie betreten und war erstaunt, als sie feststellte, dass sich hinter den soliden Mauern nur ein einziger Raum befand. Dieser

Saal war groß genug um Platz für alle Bewohner zu bieten. An den Seitenwänden waren zwei Öffnungen angebracht. Im hinteren Bereich standen ein paar Getreidekisten. Viel mehr konnte Gitta im Halbdunkel nicht erkennen, aber sie fühlte sich in diesem Unterschlupf einigermaßen sicher.

Unverdrossen wütete der Orkan über ihren Köpfen. Gitta hielt sich bei jeder neuen Erschütterung reflexartig die Ohren zu. Die anderen saßen verängstigt auf dem Fußboden. Einige weinten still vor sich hin, und Gitta begriff, dass die Leute derartiges noch nicht erleben mussten. Solche Stürme hatte es in deren Welt noch nie gegeben. In der folgenden Nacht tobte es unermüdlich weiter. Die Leute blieben daher hinter ihren sicheren Mauern und warteten und hofften bald wieder in ihre Häuser einziehen zu können. Erst am nächsten Morgen wurde die schwere Tür vorsichtig geöffnet. Draußen bot sich ein Bild des Grauens. Der Sturm hatte eine Schneise der Verwüstung hinterlassen. So wie es aussah, waren viele der einfachen Hütten zerstört; Gebäudeteile lagen verstreut auf dem überschwemmten Boden. Was die Menschen an diesem Morgen fühlten war kaum zu beschreiben. Die nackte Angst hatte es in ihre Gesichter gemeißelt, und nur allzu deutlich war es an ihren Mienen abzulesen:
„Das Zeichen! Der Fluch!"
Im Flüsterton machte sich der finstere Argwohn breit, und immer wieder vernahm Gitta das unsägliche Gemurmel:
„Ein Zeichen!"

War das Unwetter nur ein weiteres Vorzeichen für die endgültige Ausrottung der Eiua's? Oder sollte es noch schlimmer kommen?

Gitta war nicht weniger verzweifelt. Konnte es sein, dass in der Tat ein böser Fluch über dieser Siedlung lag? Sollte es einen unheilvollen Kanal zu Hella geben? Hella? Sie blickte nach oben in der Hoffnung nach - ja nach was? Nach Hilfe? Sie wünschte, sie noch einmal zu sehen, diese weiße Wolke. Auch nur ein Zeichen? Eine Illusion? Für was?
„So ein Nonsens", entfuhr es ihr im gleichen Atemzug, denn die Wahrheit sah anders aus - ganz anders. Sie sah nur dichte Wolken, Qualm der flussabwärts abzog und Wolken - pechschwarz wie die Nacht. Sie versuchte die Realität so zu sehen wie sie nun mal war und sich nichts vorzumachen, denn - eine weiße Wolke? - auch nicht mehr als ein Trugbild? Himmel, nein und nochmals nein! Wenn das der einzige Lichtblick sein sollte, dann waren sie alle verloren!

Während von ferne letzte Donner grollten, ließen sich ihre angsterfüllten Gedanken noch immer nicht abstellen.
Sie überlegte: Eigentlich hat sich diese Wolke immer dann gezeigt, wenn es ganz schwierig wurde und die Situation ausweglos schien. Eigentlich kam von dort oben immer Hilfe, und eigentlich ging es danach weiter auf einem neuen Weg - eigentlich! Das hatte sie sich ganz bestimmt nicht eingebildet. Sowas kann man schließlich nicht erfinden. Eigentlich suchten auch diese Siedler nach einem

Hoffnungsschimmer. Wie sollten sie denn ohne Hoffnung weiter existieren? Gitta versank in Grübeleien. Wer oder was passte von da oben auf sie auf? Ein guter Geist? Gitta glaubte nicht an Geister, also fiel diese These schon mal weg. Aber dieser Schriftzug mit den drei Buchstaben, das war doch nicht normal! Wer konnte derart verschnörkelte Schriftzeichen an den Himmel zaubern? Es war jedes Mal exakt der gleiche Namenszug, und es waren immer dieselben drei Buchstaben gewesen. Was hatte das zu bedeuten? Nur eine Illusion? Sie kam auf keinen Nenner. Daher beschoss sie die weiße Wolke zu vergessen. Und was sie sich einmal vorgenommen hatte, das hielt sie normalerweise auch durch.

Um sich ein wenig abzulenken und um auf andere Gedanken zu kommen begab sie sich am nächsten Tag zu dem Haus von UU, dem Bootsmann. Dieses war noch einigermaßen bewohnbar. Hier bei den liebsten menschlichen Wesen dieser entlegenen und vermaledeiten Welt war sie bestens aufgehoben. Hier musste sie nichts tun; hier konnte sie einfach nur da sein.

In der Folgezeit begannen die Siedler damit, ihre beschädigten Hütten zu renovieren und teilweise neue Unterkünfte aufzubauen, mechanisch, als hätten sie nie eine andere Arbeit getan. Aber es war nicht einfach. Um Baustoffe zu beschaffen fuhren die Boote flussabwärts. Es war ein weiter Weg bis zum Wald, und es dauerte sehr lange, bis diese wieder zurückkamen. Doch man brauchte das Holz als Baumaterial. Es grenzte beinahe an ein Wunder, dass der

Aufbau trotz mancher Zwischenfälle gut voranging, und schneller als geglaubt, konnten alle Bewohner in ihre renovierten Wohnstätten zurückkehren. Mitten in diese Erfolgsgeschichte hinein kündigte sich ein Unheil an, welches von einer Dimension war, die alles Bisherige übertraf.

Gitta bemerkte als Erste den kleinen Punkt am Himmel. „Was kann das sein?", fragte sie ihren Freund. Und von da an beobachteten beide gebannt diesen schwarzen Fleck, der von Tag zu Tag an Masse zulegte. Mittlerweile blickten auch die anderen morgens zuerst nach oben, allerdings mehr aus Interesse als aus Furcht. Selbst als der Flecken die Form und Größe einer Suppenschüssel angenommen hatte, war man noch völlig sorglos, weil niemand ahnen konnte, wie sich dieses Phänomen weiterentwickeln würde.

Und es entwickelte sich weiter, blähte sich auf bis zur Größe eines Wagenrades und verbreitete von nun an Angst und Schrecken. Die Menschen waren sich mal wieder einig: Dies konnte nur der Fluch sein. An jedem neuen Tag hingen die Blicke nun ängstlich am Himmel, und als der schwarze Kreis schließlich einen Umfang von beinahe zehn Metern erreicht hatte - auf die Entfernung konnte man es schlecht ein-schätzen - begannen auch die Letzten damit, Vorkehrungen für ihre Flucht zu treffen, denn eines war sicher, die dunkle Masse lag direkt über ihnen und bewegte sich im Zeitlupentempo genau auf die Siedlung zu. Gitta war erschüttert, wollte es nicht wahrhaben, obwohl sie tief in ihrem Inneren wusste, dass der drohende Anschlag nur ihr gelten konnte. Es musste Hella sein. Hella hatte ihr den Ausbruch aus dem Labyrinth der Steine nicht verziehen und sie nun gefunden. Hella handelte im Auftrag der ewigen Steine, deren Bestreben es war, das endliche Leben auszulöschen. Daher würde sie nicht eher ruhen, bis sie Gitta endgültig vernichtet und auch ihr Umfeld mit ins Verderben gezogen hätte. Es war entsetzlich, aber Gitta konnte und durfte nicht zulassen dieses friedliche Volk mit in den Abgrund hinein zu ziehen. Sie hatte keine Wahl. So scheußlich es war; um diese freundlichen Menschen zu schützen, musste sie sich von ihnen trennen.

Und wenn es noch so wehtat, sie musste auch ihren Liebsten verlassen - Cal.

Doch sie hatte die Rechnung ohne den Wirt gemacht. Die Siedler ließen sie nicht gehen und beschlossen einstimmig, alle zusammen zu fliehen. Wohin? Es schien keinen Ort zu geben, an dem Hella sie nicht finden würde. Doch die Siedler waren nicht gewillt, Gittas Einwände zu hören, und daher loteten sie erreichbare Ziele aus. Nun, viele Möglichkeiten gab es nicht. Zurück zu den Wasserfällen war unmöglich, also konnte es nur in die andere Richtung gehen, entweder übers Wasser oder weiter am Ufer entlang. Die Menschen klammerten sich an die Hoffnung, sich in den großen Wäldern verbergen zu können. Es brach Gitta beinahe das Herz, anzusehen, wie sie ihr gesamtes Hab und Gut zusammenpackten und ihre erst vor kurzem neu errichteten Hütten wieder verließen.

Einige fuhren mit Fischerbooten voraus, doch die meisten durchwanderten unverdrossen das Marschland. Sie zogen ihre spärliche Habe in kleinen Fuhrwerken hinter sich her. Von Zeit zu Zeit gingen die Blicke sorgenvoll nach oben, und plötzlich erlebten sie hautnah die verhängnisvolle Tragödie als gespenstiges Schauspiel. Was nämlich als kleiner Punkt am Himmel begonnen hatte, entpuppte sich als Stein von enormer Größe, als Meteorit. Und dann ging alles rasend schnell, denn dieser Brocken, der loderndes Feuer hinter sich herzog, krachte geradewegs herab, begrub den größten Teil der Hütten unter sich und hinterließ einen verheerenden Krater. Das Dröhnen war so gewaltig, dass es den Menschen die Sprache verschlug. Mit offenem Mund blieben sie stehen, wie Statuen, unfähig sich zu bewegen, doch als sie sich endlich umdrehten, erblickten sie das Gestein in einem Graben der Zerstörung, darüber eine Staubwolke mit einem sich abschwächenden Feuerschweif. Gitta war entsetzt. Starr vor Schreck stand sie da wie Lots Frau. Als sie den grauen Stein fixierte fielen ihr die Einkerbungen an der Stirnseite auf: 1011. Gitta musste davon ausgehen, dass dies noch lange nicht das Ende von Hellas Rachefeldzug war, denn diese würde nicht eher aufgeben, bis das ganze Gebiet mit Steinen angefüllt und somit ihr zerstörerisches Werk vollendet wäre. Daher musste Gitta rasch handeln und zwar mit allen ihr zur

Verfügung stehenden Mitteln. Jedoch, was konnte sie tun? Sie musste sich was einfallen lassen und zwar bald.

Die Siedler hatten sich auf dem freien Feld niedergelassen. Gitta sonderte sich etwas ab um ungestört nachdenken zu können. Für sie stand fest, dieser Meteorit musste zerstört werden, sonst würde nicht nur sie selbst, sondern mit ihr der ganze Ort auf diesem namenlosen Gestirn für immer vernichtet werden. Jedoch, wie sollte sie es anstellen? „Man müsste den Brocken zur Explosion bringen - irgendwie", so überlegte sie. „Hirngespinste", mischte sich ihre mutlose Seite ein, denn wie bitteschön sollte dies bewerkstelligt werden? „Zertrümmern!" redete ihre optimistische Ader dazwischen. „Ja, vielleicht", folgerte Gitta, „man müsste ihn zerschlagen, zu kleinen Bruchstücken und diese dann im Fluss versenken." Angetan von dieser wahnwitzigen Idee, welche sie unvermittelt überrollt hatte, begann sie bereits zu frohlockten, doch unweigerlich wanderten ihre Augen zu der Gruppe, welche mit Holzfuhren die primitiven Ackergeräte transportierten. „Mit diesen Fuhrwerken wird das nicht funktionieren", murmelte sie niedergeschlagen. Überdeutlich erkannte sie abermals ihre Schwäche und Hilflosigkeit, denn was da an Arbeitsgeräten mitgenommen wurde, war allenfalls dazu geeignet, einen fruchtbaren Ackerboden zu bewirtschaften, nicht aber ein Felsgestein zu zerschlagen. Daraufhin war sie nur noch traurig, und dann weinte sie.

Cal kam zu ihr und fand sie innerlich zerrissen. Er umfing sie sanft. Wie konnte er ihr einen Rat geben? Er kannte Hella nicht, wusste nur das, was sie ihm von deren Bosheit und Racheplänen erzählt hatte. „Erzähl mir mehr von den Schwitzkesseln", bat er. Und Gitta berichtete ausführlich von dem Schwitzwasser der Steine, welches das Herzstück derselben darstellte, ihren eigentlichen Mittelpunkt. Es müsse gelingen, äußerte sie, an diesen inneren Kern heran zu kommen, damit der Dämon austreten kann. Sie berichtete ausführlich von den Kesseln, in denen die Steine erhitzt wurden.

„Während des Kochens ist das Schwitzwasser ausgetreten. Ohne diese Energie waren die Steine danach wertlos." Die Worte sprudelten hastig aus ihr heraus, denn es gruselte sie allein bei dem bloßen Gedanken an diese gespenstige Handlung.

Cal hörte geduldig zu ohne sie ein einziges Mal zu unterbrechen. Hinter seiner Stirn arbeitete es heftig, und es reifte ein Plan, welcher absurder nicht sein konnte. Ob er funktionieren würde? Die Chance konnte winziger nicht sein. Sollte die Sache schiefgehen, wären sie alle verloren, aber wenn sie nichts täten, wären sie ebenfalls verloren - so oder so. „Es müsse versucht werden", teilte er gedankenverloren mit, „dem Gestein sein Innenleben zu rauben, sein Herzstück, denn ein seelenloser Stein stelle letztendlich keine Gefahr mehr dar."

„Niemals kampflos aufgeben! Besser mal einen Fehler machen, als gar nichts tun!" Wieso nisteten plötzlich derart sinnlose Sinnsprüche in ihrem Kopf? Nun, dieses Zitat hörte sich nach ihrem Mathelehrer an. Herr Groß hatte die Sprüche losgelassen, als über die Abi-Prüfungen geredet wurde. Jedoch hier ging es leider nicht um poplige Schulgeschichten, sondern um die Existenz eines ganzen Volkes. Und sie, Gitta, Schülerin, gerade mal volljährig geworden, war genötigt, nicht nur über Wohl und Wehe dieser braven Siedler zu entscheiden, sondern über Leben und Tod. Das konnte sie doch gar nicht. Nie und nimmer.

Völlig ratlos und daher an Schlaf nicht zu denken, hielten die verängstigten Menschen Rat im wahrsten Sinn oder Unsinn des Wortes. Niemand konnte die Ausmaße eines weiteren Unheils ermessen. Wiederholt wandten sich viele verzagte Blicke nach oben. Das klare Himmelsgewölbe sah so friedlich aus. Eine Täuschung? Oder verbarg sich hinter den unendlichen Weiten des Alls ein noch viel größeres Übel, dem man hilflos ausgeliefert war? Wie konnte man sich gegen solch starke Mächte zur Wehr setzen? Wie konnte man sich schützen? Und darum ging es in dieser langen schlaflosen Nacht, um Schutz. Darüber hinaus schlich sich unbemerkt die heimliche Frage ein, ob es überhaupt erstrebenswert sei, nach einer solchen Katastrophe weiterleben zu wollen. Leben mit der dauernden Angst als Begleiter, wäre das noch lebenswert?
Hätte das überhaupt einen Sinn?

Cal hatte die waghalsige These angefacht, dass Feuer am besten durch Feuer zu bekämpfen sei. Gegen alle Widerstände versuchte er seine Vorstellungen darzulegen, doch niemand begriff, was er damit sagen wollte. Die hitzige Debatte hielt noch an, als bereits das erste Grau des Morgens hervorbrach und das Funkeln der Sterne zum Verglühen brachte. Gitta war still geworden. Sie konnte beobachten, mit wieviel Scharfsinn sich Cal der schwierigen Situation stellte und nach Lösungen suchte. Die meisten Siedler waren zweifelsohne nicht gewillt, stoisch auf eine neue - wie auch immer geartete - Katastrophe zu warten.

Es waren Frauen und Männer der Tat, und sie waren es gewohnt zu handeln und zu arbeiten. Sie hatten ihre Häuser gebaut, ihre Felder bestellt, für Nahrung gesorgt und nach und nach den Lebensinhalt ihren Bedürfnissen angepasst. So war es immer gewesen, und auch diesmal waren sie mehr als bereit etwas zu tun.

Sie zogen also weiter.

Gitta wusste nur zu gut, dass durch ihre Schuld diese friedliche Gemeinschaft in diese Notlage gebracht worden war, und demzufolge war es ihre verdammte Pflicht, jede weitere Gefahr von den Siedlern abzuwenden. Es war schon schlimm genug, dass deren Zuhause zum größten Teil zerstört war. Niemand wollte mehr hierbleiben, und daher bewegte sich der Tross in den folgenden Tagen immer weiter. Der ferne Wald war ihr gemeinsames Ziel, weil man sich unter den hohen Bäumen Schutz und Zuflucht erhoffte.

Bevor die ferne Waldung erreicht war, die ersten Ausläufer waren gerade mal in Sicht, mussten sich die Leute mit ihren Fuhrwerken durch trockenes Gestrüpp kämpfen. Das unwegsame Gelände war bedeckt mit abgeknickten Baumstämmen und dürren Ästen. „Dieses Holz ist gerade mal gut zum Verbrennen", stellte Cal fest. Kaum hatte er diese Worte ausgesprochen, blickte Gitta entgeistert in die durchdringenden Augen ihres Freundes. Das Stichwort „verbrennen" hatte bei ihr eine außergewöhnliche Reaktion ausgelöst und gab erneut Anlass für eine folgenschwere Diskussion, bei der das Thema „Schwitzwasser" im Zentrum stand. Und letztendlich entstand ein derart absonderlicher Plan, wie er nur aus einer verzweifelten Lage heraus hervorgehen konnte. Es wurde beschlossen rund um den Meteorit herum ein gigantisches Feuer abzubrennen und auf diese Weise das Innenleben des Steines zu zerstören. Und die Leute, einfach nur froh wieder etwas Sinnvolles tun zu können, stürzten sich sogleich in die Arbeit. Sie leerten eifrig die Karren und stapelten ihre Habseligkeiten auf dem ausgetrockneten Boden. Auch die Boote wurden geräumt um Platz zu schaffen für Brennholz. Man brauchte viel davon, sehr viel. Klar war das Spalten, Zerkleinern und nicht zuletzt das Verladen der Bürden in die Handwägen äußerst mühsam, doch der Tatendrang und die Energie dieser Leute waren ungebrochen. Unentwegt schafften sie Holz und trockenes Stroh herbei um ihre Fuhrwerke zu beladen. Die schweren Stämme wollte man in die Boote bringen, obwohl man wissen musste, dass es enorme Kraftanstrengungen kosten würde, diese zu bewegen.

Mit derartiger Leidenschaft bei einer Sache zu sein, das hatte Gitta noch nie erlebt. Die Menschen in ihrem früheren Umfeld waren anders. Da fehlte oftmals diese totale Begeisterung, die solch ungeahnte Kräfte freisetzen kann. Sie fragte sich, was den Menschen in den Städten die Spontanität und somit die völlige Hingabe an eine Sache geraubt hat. Was hat sie so bequem gemacht? War es die Zivilisation mit ihren durchaus angenehmen Seiten? Oder war es das monotone Allerlei in ihrer Berufswelt? Doch diese Gedanken blieben Randerscheinungen. Sie verflüchtigten sich alsbald, noch bevor sie konkrete Gestalt angenommen hatten und verfielen ins Nichts.

Nachdem die Fuhrwerke vollgeladen waren ging die Tour zurück, langsam zwar, aber unverdrossen kämpfte man sich weiter und immer weiter auf der eigenen, noch sichtbaren Reifenspur, wissend, dass dies erst der Anfang war. Um einen Stein zum Schmelzen zu bringen brauchte es noch viel mehr Brennstoff, und so wurde ein weiteres Mal diese Reise unternommen. Die Zeit verging, aber der Tatendrang der Siedler blieb ungebremst. Immer mehr Brennmaterial wurde aufgeschichtet, und immer höher wurde der Wall um den Felsbrocken herum. Ungeduldig fieberte man dem großen Tag entgegen, jeder auf seine Weise. Schließlich war man bereit für das Finale. Gitta konnte über die Zuversicht dieser

Leute nur staunen, denn sie glaubten an sich und hegten nicht den leisesten Zweifel am Erfolg dieser Aktion. Deshalb behielt sie ihre Bedenken, welche sich mittlerweile zu Riesen aufgetürmt hatten, besser für sich.

Die Reisigbündel verbanden sich mit dem Gehölz der Wälder zu einem immer höher werdenden Turm. Erwartungsvoll wanderten alle Blicke zu dem Kollos, der unter dem Astwerk nun fast verdeckt war. Dann kam der entscheidende Moment, das trockene Holz wurde angezündet - gleichzeitig an vier Seiten. Die Flammen verbreiteten sich in Windeseile. Schneller als gedacht loderten sie in die Höhe und strahlten eine enorme Hitze aus. Gebannt umringten die Siedler dieses gewaltige Feuer aus sicherer Entfernung, andächtig und still. Gitta musste an das Martinsfeuer auf dem Schulhof ihrer Grundschule denken. Jedes Jahr im November zogen Kinder mit ihren Laternen durch die Straßen bis zu diesem Feuer - mit Musik und Gesang. Eine schöne Erinnerung! Doch dieses hier war anders, so ganz anders.

Die Hitze nahm zu, doch als plötzlich der Boden unter ihren Füßen zu vibrieren begann, ergriffen die Ersten das Weite. Gitta und Cal hielten sich fest bei den Händen und schauten. Demzufolge waren sie es, die zuerst die klebrig schwarze Masse auf dem Boden bemerkten – Schwitzwasser! Das Rinnsal, das aussah wie Teer, breitete sich in alle Richtungen aus. Ein süßlicher Geruch von Himbeersaft stieg Gitta in die Nase. Jetzt gab es nur noch eins - die Flucht. Mittlerweile zitterte der Boden immer stärker. Die Gefahr drohte sich ausweiten, und die Leute rannten scharenweise davon. Das klebrige Zeug verfolgte sie, und sie mussten aufpassen, nicht hineinzutreten und womöglich darin kleben zu bleiben. So achteten sie nicht gleich auf das Grummeln, welches aus dem Inneren des Feuerturmes hallte und sich nach und nach zu einem drohenden Grollen ausweitete. Mit letzter Kraft schafften alle es bis zum Ufer. In den Booten erhofften sie ihre Rettung, denn im Fluss waren sie in Sicherheit. Vom Wasser aus konnten sie beobachten, wie sich der steinerne Koloss zu seiner doppelten Höhe aufblähte um dann mit einem fürchterlichen Krachen auseinander zu brechen und sich in unzähligen Kieseln über dem Umfeld auszubreiten. Es wurde auf einmal gespenstisch still. Die Angst, welche eben noch überdeutlich in den Gesichtern zu lesen war, löste sich allmählich auf und ließ nach und nach Spuren von Erleichterung durchscheinen. Als das Feuer langsam verlöschte brach schallender Jubel aus. Auch Gitta ließ sich von dieser Freude anstecken, und sie fühlte die starke Verbundenheit zu den einfachen Siedlern. Sie wusste es, der böse Fluch war bekämpft; der übermächtige Feind war besiegt, ausgelöscht durch einen unerschütterlichen Glauben an die gute Sache. Das übertraf ihre kühnsten Erwartungen, denn diese Menschen waren über sich selbst hinausgewachsen.

Gemeinsam hatte man es geschafft.

Etappe VII
0111

auf der Flucht

Die klebrigen Kiesel waren in alle Richtungen verstreut und bedeckten nicht nur den Bereich der ehemaligen Siedlung, sondern auch die Umgebung. Es sah aus, als ob sich die Kiesel immer noch in Bewegung befanden um sich weiter auszudehnen.

Wo würde das enden?

Die absurdesten Gedanken schossen Gitta durch den Kopf, und das Unglück legte beträchtliche Teile ihres gesunden Lebensmutes lahm. War es möglich, dass sich die Steine vermehrten? Aber nein, es waren tote Steine, die ihren Lebenssaft verloren hatten. Sie konnten keinen Schaden mehr anrichten. Das war sicher beruhigend, und deshalb befahl sie ihren unsteten Hirngespinsten, darauf zu vertrauen und letzte Unsicherheiten von sich abzuschütteln. Schlimm genug, dass dieser ehemals fruchtbare Ackerboden verseucht war, verseucht für immer. Hier gab es keine Zukunft mehr. Schweren Herzens mussten sich die Menschen von ihrer Heimat trennen und sich eine neue Bleibe suchen. Also begaben sie sich erneut auf den einzigen bekannten Pfad entlang des Flusslaufes und folgten ihren ausgefahrenen Spuren in dem lehmigen Boden, immer der aufgehenden Sonne entgegen. Da das Wasser sehr fischreich war, litten sie keinen Hunger. Derweil, die Richtung war eindeutig; ihr Weg führte geradewegs in den Wald. Warum nicht, dachten die meisten, zumal sie ihre wenigen

Habseligkeiten bereits dort abgeladen hatten. Das Ziel war nun, einen Platz zu finden, wo sie ihr Gemüse wieder anbauen, ihre Häuser wiederaufbauen, also einen Ort, wo sie ihr gewohntes Leben fortführen konnten. Unter den hohen Bäumen würde es aber keine ertragreiche Ernte geben. Eine Möglichkeit wäre, einen Teil der Bäume zu fällen und den Waldboden zu roden. Darüber wurde bereits heftig debattiert. Allerdings wäre dies ein langwieriger Prozess, unmöglich diese Arbeit innerhalb einer Bewirtschaftungsperiode zu schaffen.

Da die schwierige Frage nach einem Zipfel neuer Heimat vorerst nicht zu beantworten war, versuchte man nach Möglichkeiten, derartige wirre Gedanken auszublenden, obwohl klar war, dass man sich früher oder später damit auseinandersetzen musste. Man wollte, ja man musste sich schließlich einen neuen Wirkungskreis aufbauen. Auf ein Wunder brauchte man nicht zu hoffen. So naiv war keiner.

Ihre derzeitige Nahrung konnte nun immerhin angereichert werden mit den verschiedenartigsten Früchten der Bäume und Sträucher. Allein der Wald nahm kein Ende. Im Gegenteil, er wurde dichter und unwegsamer, je weiter man sich hineinwagte. Jedoch sie waren keine Nomaden und wollten wieder sesshaft werden. Allerdings drehten sich ihre momentanen Sorgen vorrangig stets darum, einen Platz für die nächste Nacht zu finden. Sie waren müde geworden. fühlten sich ausgelaugt, genossen nicht einmal den würzigen

Geruch des Waldbodens nach Moos und frischem Gras. Nicht nur ihre Tatkraft hatte gelitten; die einstige Begeisterung hatte sich fast vollständig aufgelöst. Selbst ihre unerschütterliche Hoffnung war am zerbröckeln. Es fehlte ganz einfach ein lohnendes Ziel. Jeder Weg musste schließlich ein Ziel haben. Wohin also konnte diese Reise noch führen? Was war zu tun? Einfach weitergehen? Immer weiter vorwärts?
Wohin? Wie lange noch?

Gitta hatte ihr normales Zeitgefühl verloren. Ihr fehlte der Stamm vom Erlenbaum mit den Einkerbungen für jeden Tag. An manchen Tagen überfiel sie die Sehnsucht nach zuhause mit so kolossaler Macht, dass sie nicht dagegen wehren konnte, und dann weinte sie, aber nur heimlich, denn sie wollte Cal nicht traurig stimmen. Wann würde diese absonderliche Reise endlich ein Ende finden? Diese Reise ins Nirgendwo.
Sicherheitshalber hielten sich die Siedler stets in der Nähe des Ufers auf. So war es immerhin möglich, sich zu orientierten und Kontakt zu halten mit ihren Gefährten in den Ruderbooten. Mittlerweile hatte sich der Fluss ausgedehnt und war zu seiner doppelten Breite angeschwollen. Majestätisch grub er sich sein Bett durch das Dickicht, ruhig und gleichmäßig und vermittelte zumindest dadurch ein wenig Beständigkeit, ein bisschen trügerische Sicherheit in dieser trostlosen Lage. Das Steuern der Boote mit den einfachen Hilfsmitteln war durch die stärker

gewordene Strömung anstrengend geworden, und man war dazu übergegangen, die kleine Mannschaft regelmäßig auszuwechseln.

Und so verging die Zeit. Nichts geschah, außer dass sich der stattliche Fluss irgendwann teilte. Der mächtigere Arm machte einen scharfen Bogen nach Norden. Gitta schaute ihm hinterher bis er im Schatten der Bäume verschwand. Das war die einzige kurze Aufregung in diesen Tagen. Die Gruppe marschierte unverdrossen weiter am rechten Ufer entlang. Das klare Wasser des schmalen Flussarmes plätscherte munter über allerlei Geröll und hüpfte über kleines Felsgestein. Es ging bergab. Der Wald verdichtete sich weiter, und oft war ein Durchkommen äußerst mühevoll. Die Zeit verstrich ohne nennenswerte Ereignisse, geschweige denn Abenteuern. Gesprochen wurde wenig, was gesagt werden musste, war gesagt, und es lag in der Natur dieses Volkes, sich nicht ständig zu wiederholen. Die Etappen wurden täglich kürzer, denn die Kraft der Menschen begann zu schwinden. Auch die Tage wurden beständig kürzer, und die Dunkelheit brach immer früher herein. Das warme Wetter war dahin und hatte Platz gemacht für einen frischen Wind.
Eines Morgens wurde Gitta unsanft aus dem Schlaf gerissen. Sie fror. Etwas hatte an ihrer Zudecke gezogen. Die anderen befanden sich bereits in hellem Aufruhr. „Ein Tier! Ein Vieh!"

Die Ursache für diese Aufregung war ein Schaf, ein weißes weiches Schaf. Wo kam es her? Hatte es sich verirrt? Die Siedler hatten vorher noch nie ein Schaf zu Gesicht bekommen. Folglich war ihre Aufgeregtheit zu verstehen. Nacheinander pirschen sie sich an das Tier heran, vorsichtig und ein wenig ängstlich, aber das Schäfchen blökte ein paar Mal und blickte neugierig in die Runde, von einem zum anderen. Das war etwas ganz Neues, etwas Lebendiges, und allein durch seine Anwesenheit wurde das starre Dasein dieser Runde neu belebt. Als sich herausstellte, dass von dem putzigen Tierchen keine Gefahr ausging, schlug die Stimmung wellenartig um, und instinktiv begannen alle seine weiche Wolle zu kraulen. Mit Macht brach ihre bis dahin blockierte Lebhaftigkeit wieder neu hervor. Jeder wollte mit dem Schaf spielen und es streicheln. Und das Schaf? Offensichtlich genoss es diese unverhofften Streichel-einheiten, denn es ließ sich die Liebkosungen der vielen Hände gefallen. Es schien daran gewöhnt zu sein, war überhaupt nicht scheu, aber das Beste war, es kannte seinen Weg. Fortwährend lief es voraus, blieb stehen und wartete bis alle anderen ihm folgten, um von neuem eine weitere Strecke vorzulaufen.

Es war unbeschreiblich, wieviel Unbeschwertheit sich wieder inmitten dieser Gemeinschaft breitmachte. Auf einmal herrschte nur noch Heiterkeit und Wohlbehagen.

Auch Gitta ließ sich anstecken von der allgemeinen Hochstimmung. Sie fühlte sich so befreit wie schon lange nicht mehr, und von da an war das kleine Schaf der uneingeschränkte Mittelpunkt dieser einfachen Leute.

Der Wald wurde noch etwas dichter, aber das war gut, denn die hohen Bäume boten Schutz vor dem stürmischen Wind. Die Siedler hatten sich angewöhnt, abends ein Lagerfeuer zu machen, aber an jedem neuen Morgen ging die Reise weiter, diese Reise ins Ungewisse. Das Schaf fühlte sich mittlerweile als Leitschaf dieser Menschenherde und verstand es, diese auf Trapp zu halten. Immer schneller rannte es vor ihnen her. Warum diese Eile? Es gab doch auf dem Waldboden genügend Gräser und Grünzeug zum Fressen. Mit dem Schaf als Vorläufer kam der Tross jedenfalls besonders gut voran. Unmerklich lichteten sich die Baumkronen, und einige Tage später brach sich der Schein der Morgensonne einen Weg durch die Äste. Der Wald, der bisher als grenzenlos gegolten hatte, hörte auf - wirklich und wahrhaftig - und öffnete sich zu einer Lichtung. Vor den Augen der erschöpften Wanderer dehnte sich eine weite Graslandschaft aus.

Das kleine Schaf war jetzt nicht mehr zu halten. Es begann laut zu blöken und sprang immer wieder übermütig in die Luft. Und dann rannte es davon, bis es den erstaunenden Blicken der Menschen entronnen war. Der Grund hierfür sollte sich bald zeigen. Unverkennbar hatte es seine Sippe gefunden, denn eine ansehnliche Schafherde graste in der Uferböschung. Von ferne wirkten die Tiere wie eine wogende weiße Decke, bei deren Anblick die Aufregung der Reisenden stieg, musste man doch davon ausgehen, dass bei einer solch großen Herde auch ein Schafhirte dabei war, ein Schäfer. Bisher gingen die Siedler davon aus, die einzigen ihrer Art zu sein. Der Anblick der Schafherde war daher Grund genug für die Bildung einiger Sorgenfalten auf so mancher Stirn, denn es war mehr als wahrscheinlich, dass sich noch andere menschliche Lebewesen in der Nähe aufhielten. Was konnten das für Menschen sein? Wie sahen sie aus? Würden sie die Ankommenden vertreiben? Oder waren es freundliche Wesen? Fragen über Fragen, doch diese sollten bald beantwortet werden, denn unmittelbar danach geschahen Dinge, die so abwegig waren, dass keiner sie für möglich gehalten hätte.

Für Gitta begann es mit einem wohlbekannten Motorengeräusch. Sogleich schnellten sämtliche Blicke weder nach rechts noch nach links, sondern spontan nach oben, und das war auch für Gitta eine Sensation. Unglaublich, aber über ihren Köpfen schwebte, nein es fuhr ein Kraftwagen - ein fliegendes Auto! Unwillkürlich hielt Gitta den Atem an, denn sie musste jeden Moment damit rechnen, dass es abstürzte. Aber es stürzte nicht ab, sondern nahm Höhe auf und brauste ziemlich rasch davon, bis es ihren Blicken entschwand. Ein fliegendes Automobil! Cal rieb sich die Augen. Auch er konnte es nicht fassen und glaubte eher an ein Trugbild, als an irgendetwas Reales. Er war nach den Erlebnissen der letzten Zeit misstrauisch geworden und hielt nichts mehr für ausgeschlossen.

Seit dem Tag, an dem der Bootsmann Gitta aus dem Fluss gerettet hatte, hatte sich so viel gewandelt. Es begann mit der Invasion der Insekten. Später wütete das schreckliche Unwetter und zerstörte ihre Behausungen. Die Explosion des Meteoriten war Höhepunkt der Katastrophen. Immer wieder mussten die Siedler lieb gewordene Gewohnheiten aufgeben. Gitta wusste nur zu gut, was sie diesen braven Leuten angetan hatte. In der zurückliegenden Zeit war ihnen mehr zugemutet worden als Generationen vorher. Umso mehr erstaunte sie, dass deren Kampfgeist nach all den bösen Erfahrungen ungebrochen war.
War es vorstellbar, dass man aus überstandenen Krisen gestärkt hervorging?
Nachdem das entsetzliche Übel „Hella" aus der Welt geschafft worden war, plagten Gitta trotz der Erleichterung hierüber immer wieder neue Gewissensqualen. Sie konnte es nicht beschönigen, denn sie fühlte sich unsagbar schuldbeladen. Sie hatte die Eiua's in große Gefahr gebracht, ihnen ihre friedliche Heimat genommen und sie zu Obdachlosen gemacht. Es war ganz allein ihre Schuld und das nur, weil sie damals dieser Verrückten hinterhergelaufen war. Was hatte sie dazu getrieben? Wie konnte sie so töricht gewesen sein? Wie konnte sie das je wieder gut machen? Unermüdlich setzten die Menschen hier am Ende der Welt

alles daran, eine neue Bleibe zu finden um ihr gewohntes Leben wiederaufzunehmen. Allerdings konnte dies ihr schlechtes Gewissen nicht entlasten.

Ungeduldig näherte sich der Trupp dem Gestade am Fluss an. Das Blöken der Schafe kam näher und übertönte sogar das Quietschen ihrer maroden Wagenräder. Und dort, inmitten seiner Schafherde sahen sie ihn, den Schäfer. Er wirkte dünn und hochgewachsen. Ein Schlapphut verdeckte den oberen Teil seines Gesichtes, welches sich kaum merklich von der Graslandschaft unterschied, denn es war grün. Das gab ihm etwas Exotisches Seine durchaus höfliche Miene verriet dennoch eine unzweifelhafte Reserviertheit, ausdruckslos und gleichgültig.

Er winkte den Ankommenden zu, und die meisten winkten lebhaft zurück. Es war verblüffend, wie unbedarft diese Leute waren und wie rasch sie Vertrauen zu diesem Fremdling fassten. Gitta war nach ihren fürchterlichen Erfahrungen mit Hella vorsichtig geworden gegenüber allem und jedem. Anders die Siedler, sie waren einfach gestrickt und handelten spontan aus dem Bauch heraus. Indes, der Schäfer machte keine Anstalten, weiteren Kontakt zu ihnen aufzunehmen.

Erneut sichteten sie ein fliegendes Fahrzeug, und diesmal realisierte auch Cal, dass dies keine Illusion war. Das Auto flog exakt dieselbe Strecke wie das Erste, so als gäbe es dort oben eine richtige Straße - oder eine Fluglinie - und verschwand hinter der Spitze eines sehr hohen Turms. Wo würde das Objekt landen? Die Neugierde der Leute jedenfalls entschied über ihren weiteren Weg, und es wurde einheitlich beschlossen, in die gleiche Richtung weiterzuwandern. Das Schaf blieb bei seiner Herde, und auch der Schäfer zeigte kein weitergehendes Interesse an den Fremden.

Es dauerte nicht sehr lange, da nahm Gitta in der Ferne die Silhouette einer Kleinstadt wahr, ähnlich wie zuhause. Ihrem ersten Impuls folgend frohlockte ihr ganzes Wesen. Befand sie sich endlich wieder in heimischen Gefilden, vielleicht sogar auf der Erde? Sie schaute ihrem Freund in die Augen. Es waren die liebsten Augen, die sie je gesehen hatte, aber es waren nicht die Augen eines Erdenmenschen.
Und die anderen?
Sie waren kleiner als die meisten der Menschen, die sie von zuhause kannte.
Und der Schäfer?
Er hatte eine grüne Gesichtsfarbe.
Auch solche Menschen lebten nicht auf der Erde. Gittas Gedanken purzelten wirr durcheinander. Was geschah da gerade? Wo war sie hingeraten?
Die Siedler verfielen angesichts der hohen Häuser in pure Begeisterung. Solche Bauwerke hatten sie in ihrem Leben noch nie gesehen. Sie waren ungeduldig und hatten es nun furchtbar eilig, dahin zu gelangen, denn sie sehnten sich nach

Beständigkeit. Die Hoffnung auf ein Ende dieser ziellosen Reise ließ keinen Raum für Misstrauen oder Unsicherheiten.

Gitta ließ sich treiben - willenlos. Sie hatte sowieso keine Wahl, und so kam man dieser utopischen Stadt mit ihren asphaltierten Straßen näher. Doch je weiter sie vorankamen, desto langsamer bewegte sich der Tross. Es hatte den Anschein, als würde mit jedem ihrer weiteren Schritte der allgemeine Mut in den Keller sinken. Ihr Stolz hätte dies natürlich niemals zugegeben, hatten sie doch in der Vergangenheit mehr als einmal ihre Unerschrockenheit bewiesen. Doch dieses hier war fraglos etwas Anderes, etwas völlig Unbekanntes. Es ging so weit, dass sie vorsichtshalber ein Stück weit vor dieser fremden Stadt ihr kärgliches Lager aufschlugen. Erst nachdem ein großes Palaver abgehalten, das Für und Wider der Frage für ihren weiteren Weg erwägt wurde, setzte sich die Neugierde durch. Die Anspannung der letzten Zeit ließ ein wenig nach. Allerdings plante man, zunächst nur ein paar Kundschafter vorzuschicken. Bei der Wahl dieser Späher gab es allerdings unterschiedliche Standpunkte. Man einigte sich letztendlich auf Gitta. Das wäre vernünftig, glaubte man, denn ihr wären derartige Städte schließlich nicht unbekannt.

Das stimmte sogar. Und so überquerte Gitta gemeinsam mit ihrem Freund die gerade Straße, um von dort ins Zentrum der Stadt zu gelangen. Anfangs führte ihr Weg an kleineren Gebäuden vorbei, welche Gitta an Einfamilienhäuser aus ihrer Heimatstadt erinnerte. Danach wurde es zunehmend lebhafter und bunter. Der Straßenbelag in der Innenstadt war mit grüner Farbe angestrichen. Links und rechts befanden sich mustergültige Kaufhäuser, einige mit großen Schaufenstern. Die Beiden konnten gepflegte und gut gekleidete Kunden beim Einkaufen beobachten. Diese hatten kurz geschnittene schwarze Haare und eine etwas grünliche Gesichtsfarbe, ähnlich wie der Schäfer. Ihre Kleidung war schwarz oder grau, was ihnen ein betont vornehmendes Aussehen verlieh. Allerdings nahmen sie kaum Notiz von den Fremden. Im Gegenteil, sie distanzierten sich sehr deutlich. Gitta suchte den Grund zu finden. War es Überheblichkeit? Vermutlich lag es an ihrem ungepflegten Aussehen. Sie blickte an sich herunter auf ihre schäbigen Kleidungsstücke, welche nach dem langen Marsch ziemlich mitgenommen waren, und sie fühlte sich unsicher vor dieser fein gemachten Gesellschaft. Cal sah zwar auch nicht besser aus, aber es schien seiner Selbstsicherheit nichts auszumachen. Sie lauschte, um ein paar Brocken der Gespräche zu erhaschen, aber es war kaum etwas zu verstehen. Lediglich an der Gestik konnte man erkennen, dass es sich um banale Verkaufsgespräche handeln musste.

Auf dem weiteren Erkundungsweg kamen die beiden an einem langgezogenen Fabrikgebäude vorbei. Aus den offenen Türen drangen ratternde Geräusche nach draußen. Ein kurzer Blick hinein wies auf ein großes Bündel von

Schafwolle hin. Regale, die bis zur Decke reichten, waren vollgestopft mit weißen und schwarzen Stoffballen. Selbst beim flüchtigen Hinsehen staunte Gitta, denn solch edle Stoffe in dieser Menge hatte sie selbst bei sich zuhause selten gesehen. Schwarz gekleidete Arbeiter hoben keinen Blick. Auch sie wirkten reserviert und arrogant und waren emsig über surrende Maschinen gebeugt.

Aus einem weiß getünchten Gebäude, vermutlich aus einer Schule, drangen plötzlich ganz andere Töne an ihr Ohr. Es hörte sich nach einem Kinderchor an - bekannte Töne! Ein Lied! Jäh krampfte sich ihr Herz zusammen, und sie wurde eingeholt von Erlebnissen aus ihrer Kindheit, von denen sie glaubte, sie wären längst verschwunden in dem Labyrinth hinter ihrer Stirn. Doch Erinnerungen kennen kein Erbarmen. Suchend tastete sie nach der Hand ihres Freundes. Dieser legte den Finger vor die Lippen. Er horchte, und er verstand ohne Worte, was Gitta in diesem Moment empfinden musste.
Sie hatte grenzenloses Heimweh.
Etwas abgelegen von den hohen Häusern entdeckten sie den Stellplatz der fliegenden Autos. Dort hasteten geschäftige Personen um die Fahrzeuge herum. Diese hatten es wohl mit der Überwachung dieser Fluggeräte zu tun, waren augenscheinlich zuständig für die Sicherheit der Fahrzeuge und bildeten sozusagen den TÜV in dieser eigenartigen Stadt. Die Abfertigung der ankommenden Fahrzeuge schien reibungslos zu funktionieren. Gitta versuchte mit den

Technikern Kontakt aufzunehmen, allerdings war deren Sprache ebenso gewöhnungsbedürftig. Nur wenn man sich auf den fremdländischen Tonfall der Aussprache einließ, war eine leidliche Verständigung möglich, und mit einiger Mühe konnte Gitta ihnen sogar ein paar unbedeutende Informationen entlocken.

All diese Personen waren technisch außerordentlich hoch entwickelt. Stolz und unaufgeregt präsentierten sie die Ware, welche sich zum Abtransport bereits in den Fahrzeugen befand. Von dort ginge es zum Hafen. Das wäre nicht weit, erläuterten sie, danach aufs Schiff - und dann - nach Übersee. Im Gegenzug beförderten die großen Schiffe allerlei technisches Gerät an Land. Der Handel blühe. Handel? Mit wem? Aus diesem Dialog, der mehr oder weniger einseitig und durch Gesten stattfand, gingen Gitta und Cal nicht besonders schlau hervor, denn weitere Informationen waren bei den kläglichen Redeversuchen nicht herauszukriegen. Jedoch fürs Erste reichten diese Auskünfte, denn allein die Tatsache, dass man sich in der Nähe von einem Ozean befand, war die Sensation schlechthin und musste erst einmal verarbeitet werden. Jetzt lag es an Gitta und Cal zu offenbaren, dass sie nicht alleine gekommen waren, sondern dass noch eine Gruppe von Siedlern draußen vor der Stadt wartete. Seltsam, aber auch dies ließ diese Stadtmenschen ungerührt. Für einen kurzen Moment hatte Gitta den Eindruck, sie hätte es mit völlig gefühlskalten Menschen zu tun. Durch lässige, etwas herablassende Gebärden gab man dann doch zu verstehen, dass diese vorübergehend in den unbewohnten Reihenhäusern unterkommen könnten. Mit dieser Nachricht machten sich die Zwei auf den Weg, um die wartenden Siedler abzuholen.

Auf dem Rückweg fiel ihnen außerhalb der Stadt wieder dieser mächtige Turm ins Auge, der alle anderen Gebäude weit überragte. Nach den überstandenen Strapazen der langen Reise hatten sie ihn noch nicht so recht wahrgenommen. Doch nun? Ein Leuchtturm? Die runde Form erinnerte tatsächlich an einen der zahlreichen Leuchttürme an der Nordseeküste. Dies wäre aber dann ein Leuchtturm in groß, meinte Gitta und musste lachen. Es war nicht zu übersehen, dass auf dem Plateau ein großes Teleskop aufgestellt war. Waren die grünen Menschen in ständiger Verbindung mit dem Universum? mit Außerirdischen? Waren die feinen Leute selbst - Außerirdische, die mit Ufos durch die Gegend düsten? Gitta nahm sich fest vor, in Bälde auf diesen Turm zu steigen. Vielleicht lag dort oben der Schlüssel zu dem Rätsel, und es gab Antworten auf all ihre Fragen. Leider war jetzt nicht der geeignete Zeitpunkt dafür. Vorrangig war, die anderen Siedler abzuholen, damit vielleicht wieder etwas Normalität oder einfach nur mal eine Pause von dem langen Marsch entstehen könnte. Man war schon viel zulange unterwegs und sehr, sehr müde. Immerhin bestand die leise Hoffnung, sich hier eine neue Bleibe aufzubauen.

Es muss ein erbärmlicher Anblick gewesen sein, als endlich alle mit Sack und Pack die gerade Straße überquerten. Dennoch wurden die Ankommenden aufgenommen so, als wäre es das Normalste von der Welt. Konnte man daraus schließen, dass hier des Öfteren fremde Menschen ein Obdach suchten?

Gitta war misstrauisch. Immer wieder rannen ihr kalte Schauer über den Rücken, wenn sie nämlich versuchte, sich auszumalen was geschehen könnte, wenn diese hochmütigen Städter merkten, dass die Siedler länger bleiben wollten, vielleicht auf Dauer? Sie passten doch nicht in ihr Stadtbild.

Würde man sie vertreiben wie eine Herde Schafe?

Ein hochgewachsener schwarz gekleideter Mann, der besonders elegant wirkte, kam auf sie zu. Der Unterschied zu den schmutzigen kleinen Leuten konnte nicht gewaltiger sein. Mit einigem Abstand führte er sie zu einem gegenüberliegenden Stadtviertel, dorthin wo es eine ruhige Straße mit mehreren kleinen Reihenhäusern gab. Der Straßenbelag dort war ebenfalls grünlich, und die Häuser links und rechts der Fahrbahn befanden sich teilweise noch im Rohbau. Durch Handzeichen wies er die Ankömmlinge an, sich auf die Häuser zu verteilen, und alsbald machte er sich ziemlich überstürzt davon. Zu erschöpft für weitere Debatten begaben sich die Menschen sogleich in ihre neuen Behausungen und stellen zu ihrer Erleichterung fest, dass äußerlich zwar noch als Rohbau, diese Häuser jedoch bereits behelfsmäßig eingerichtet waren. Offenbar war man hier auf unangemeldete Gäste vorbereitet.

Bereits am nächsten Morgen stellte sich eine ältere männliche Person vor, die sich als „Kapitano" betitelte. Von diesem Mann wurden sie mit den sogenannten Regeln des Ortes vertraut gemacht und unmissverständlich in verschiedenartige Tätigkeiten eingeteilt. Das begann mit Reinigungsarbeiten und zog sich hin über das Spinnen von Wolle bis in die sogenannte Weberhalle. Die Näherei war ein weiteres Arbeitsfeld, welches jedoch spezielle Kenntnisse erforderte. Hier allerdings fand sich Gitta ein, da sie bereits mancherlei Erfahrungen an einer Nähmaschine gesammelt hatte. Ein paar Männer wurden zu den Schafherden geschickt, wo sie die Tiere nicht nur zu versorgen hatten, sondern auch bei dem Scheren der Wolle helfen sollten. So weit, so gut.

Die Tage verrannen schneller als gedacht. Den Siedlern blieb wenig Zeit zum Nachdenken, denn unaufhörlich wurden sie beschäftigt. Sie waren zu zweckmäßigen Arbeitskräften gemacht geworden, bekamen dafür warme Häuser, denn unmerklich war eine beißende Kälte hereingebrochen. Gitta hatte damit begonnen, sich in den kurzen freien Phasen eine weiße Wolljacke zu stricken. Schafwolle gab es im Überfluss, auch wenn das meiste für den Transport bestimmt war. Immer wieder brausten die vollgepackten Flugautos zum Hafen. Gerne wäre Gitta einmal mitgefahren um das Meer zu sehen. Es konnte nicht allzu weit entfernt sein, denn die Autos stoben täglich hin und zurück. Sie wagte es jedoch nicht danach zu fragen. Eine magische Anziehungskraft übte auch der hohe Turm auf sie aus. Ihren Wunsch, einmal hinauf zu steigen, schob sie anfangs beiseite. Derartige Extras hörten die Gebieter sicher nicht so gerne, und das lag nicht nur an der mangelhaften verbalen Verständigung. Zunehmend verstärkte sich das dumpfe Gefühl, dass die Neuen hier als Menschen zweiter Klasse behandelt wurden. Aber was konnte man tun? Immerhin wurden sie mit dem Nötigsten versorgt, und so warteten die Meisten geduldig auf das Ende der kalten Jahreszeit. Trotzdem litten die Siedler zunehmend an ihrer Abhängigkeit. Ein ungutes Etwas brodelte in ihnen; das Unbehagen verstärkte sich. Schließlich waren sie seit Generationen eine eigenständige Gemeinschaft gewesen, und nun? Ihre Freiheitsliebe brach sich Bahn und verbreitete sich wie ein stilles Feuer, langsam aber beharrlich. Jedenfalls war dies nicht der Ort, an dem sie sich eine neue Heimat aufbauen wollten.

Als es wieder wärmer wurde, nahm Gitta all ihren Mut zusammen und bat, einmal den Turm besteigen zu dürfen. Bereits am folgenden Tag sollte ihr Wunsch in Erfüllung gehen. Zusammen mit Cal stieg sie die innere Wendeltreppe hinauf. Es war dunkel in dem schmalen Aufgang, und die Stiege schwang sich wie ein riesiger Korkenzieher endlos nach oben. Ein stürmischer Seewind empfing sie auf der oberen Plattform und pfiff so stark, dass man kaum sein eigenes Wort verstehen konnte. Gitta war vom Aufstieg jedoch so warm geworden, dass sie sich ihrer warmen Strickjacke entledigte und diese über das Geländer hing.

Die Aussicht von hier oben war überwältigend. Man konnte in der Ferne sogar die Küste erkennen und den unendlichen Ozean, und das war mehr, als sie zu hoffen gewagt hatten. Einen breiten Raum auf dieser Plattform nahm das Teleskop ein, welches auf einem Podest befestigt war. Eine Reihe von merkwürdigen Maschinen befand sich hinter einer Wand aus Beton.

Da die beiden aber technisch gesehen eine Null waren, hielten sie sich davon fern. Man wollte nicht unbeabsichtigt etwas zerstören.

Wieder unten angekommen gab es naturgemäß viel zu berichten, und Gitta hörte nicht auf, in schillernden Farben die großartige Fernsicht über die blaue See zu beschreiben. Neugierig geworden kletterten nun nacheinander alle anderen nach oben, und ungehemmt brach sich bei den Naturmenschen die pure Begeisterung Bahn. Der Jubel beim Blick auf das große Wasser konnte nicht größer sein, und der Bootsmann war der Erste, welcher geheime Sehnsüchte offenbarte – eine Seefahrt. Wie ein Lauffeuer machten seine Bekenntnisse die Runde, und der Wunsch, aufzubrechen in eine neue Welt, jenseits des Meeres nahm ungeahnte Dimensionen an. Sie alle wollten Pioniere sein auf der Suche nach einem neuen Land. Und sie wussten, irgendwo würde es weitergehen.

Es ging doch immer weiter, und jedes Schiff lief irgendwann in seinen Hafen.

Die grünen Stadtmenschen konnten - oder wollten - ihnen keine Auskünfte geben, weder über die Weite des nahen Meeres noch über das Land dahinter. Ob sie selbst keine Kenntnis davon hatten, blieb unbeantwortet. Ungelöst blieb auch das Rätsel der fliegenden Autos, genauso wie die Farbe ihrer Gesichter. So vieles schien verworren. Jedoch trotz manch offener Fragen, eins war gewiss, die Siedler wollten für den Rest ihres Lebens bestimmt nicht an einem solch menschenfeindlichen Ort bleiben, und mit einem Hochgefühl sondergleichen gaben sich dem Rausch eines neuen Abenteuers hin. Ihr Plan nahm konkrete Formen an, so dass es nur noch eine Frage der Zeit war, wann sie die weitere Reise antreten würden - die Fahrt über das Meer - um sich auf dem Land dahinter neu anzusiedeln.

Auch Gitta und Cal schwammen auf der euphorischen Welle der Aufregung mit. Man wollte schnellstens weg, fort von diesen abgestumpften Fremdlingen, die zwar nicht wirklich böse waren, aber so ganz anders als man selbst. Für den Mangel an Emotion konnte man sie sicherlich nicht verantwortlich machen. Die Vermutung lag nahe, dass sie bereits vor Urzeiten manipuliert worden waren. Menschenähnliche Schwächen waren ihnen total fremd.
Ja, man war versucht zu glauben, dass es sich nicht einmal um echte Menschen handele, sondern um leblose Maschinen. Doch, von wem wurden sie gesteuert?

Andererseits war es durchaus denkbar, dass der Reichtum diese Geschöpfe zu dem gemacht hatte, was sie nun mal waren, stolz und unnahbar. Selbstgerecht, nahmen sie ihren Wohlstand hin, so wie alles andere in ihrem Dasein. Es gab trotzdem etliche Ungereimtheiten, diverse Unterschiede zu den Erdbewohnern, denn die grünen Lebewesen waren weder habsüchtig noch geizig, sondern uneingeschränkt gerechtigkeitsbezogen.

Am Tag der Abreise erhielt jeder der erstaunten Siedler einen Leinenbeutel mit verschiedenen großen Stahlstiften, als Lohn für die geleistete Arbeit. Dies sei einfach fair und gerecht, denn schließlich benötigte man geeignete Zahlungsmittel für die geplante Überfahrt, hieß es lapidar. In der Vergangenheit hatte Gitta festgestellt, dass sämtliche Waren in den Kaufhäusern mit solch verschieden großen Stiften aus Stahl bezahlt wurden. Es war das allgemein gültige Zahlungsmittel, das Geld dieser Menschen.

Beim Einpacken ihrer wenigen Habseligkeiten stellte Gitta fest, dass sie ihre neue Strickjacke nicht finden konnte. Solle sie diese oben im Turm vergessen haben? Sie musste noch einmal hoch. Außerdem hatte sie das dringende Bedürfnis, sich noch einmal die Gegend von oben anzuschauen und, na ja, sie wollte sich innerlich verabschieden
vom Turm, von der Landschaft und von diesen merkwürdig grünen Kreaturen.

Doch das war keine gute Idee.

Sie musste sich beeilen, denn bald kam der große Moment des Aufbruchs. Indes, schneller als gedacht, starteten gleich mehrere Autos auf einmal mit ihren neuen Passagieren nach oben in Richtung Küste. Auch der letzte Trupp befand sich schon auf dem Weg zur Flugbahn.

Diesmal hatte Gitta das Gefühl, die Stiege würde ins Unendliche führen. Als sie ungefähr in der Mitte der engen Röhre angekommen war, musste sie sich auf den morschen Treppenstufen ein wenig ausruhen. Das Atmen fiel ihr schwer. In welcher Höhe sie sich genau befand, war schlecht einzuschätzen, denn es gab keine Fenster oder sonstige Öffnungen in dem Mauerwerk. Somit war es stockdunkel im Inneren, und sie ärgerte sich, es versäumt zu haben, die Anzahl der Stufen zu zählen. Dann wüsste sie zumindest, wie weit es noch bis nach oben wäre. Aber jetzt wieder hinabsteigen? Nein! Nur eine kleine Pause, eine kleine Pause! Mit Hilfe ihrer letzten Kraftreserven kam sie endlich auf der obersten Plattform an. Und tatsächlich, ihre Wolljacke hatte sich an der Außenwand der Absperrung festgehakt. Offenbar hatte der Wind sie dahin geweht. Während sie noch damit beschäftigt war, diese wieder zu sich hoch zu ziehen, nahm sie mit Entsetzen die Fahrzeuge wahr, welche dicht über ihren Kopf hinweg düsten und die letzten Siedler in Richtung Küste beförderten.

In diesem Moment wusste sie, nun war es zu spät, denn die Dunkelheit war bereits hereingebrochen. So bald würde es kein Fortkommen mehr aus dieser monotonen Stadt geben, denn das letzte Schiff stach heute noch in See. Sie wusste, dass auch Cal auf dieses Schiff wollte. Jetzt war sie dazu verdammt, hierzubleiben bei diesen seelenlosen Geschöpfen und schon wieder nur durch ihre eigene Schuld - wegen der vergessenen Strickjacke. Falls es je wieder eine Möglichkeit geben würde mit einem Schiff dieser Trostlosigkeit zu entkommen, hätten die Abgewanderten bereits irgendwo in dieser wirren Welt eine neue Bleibe gefunden. Daher hatte es wenig Sinn, nun gleich wieder hinab zu steigen, denn da war niemand mehr, der auf sie wartete.

Cal - immer wieder Cal,

sie würde ihren Freund niemals wiedersehen.

Die Klänge der zurückliegenden Zeit liefen wie ein Singspiel vor ihrem geistigen Auge ab. Es kam ihr vor, als hätte ihr Leben erst mit Cal begonnen - mit seiner Liebe. Nun war er weit weg, sicherlich schon auf dem Meer und mit ihm die Siedler, mit denen sie sich so freundschaftlich verbunden fühlte. Es war nahezu ausgeschlossen, diese Menschen je wiederzufinden. Auf diesem fremden Himmelskörper fühlte sie sich entsetzlich verlassen.

Sie versuchte zu weinen, aber es kamen keine Tränen. Nur der Kloß in ihrer Kehle blieb. Sie schaute durch die Eisenstäbe weit über das Land hinaus und stellte fest, dass sich der Turm inmitten einer Halbinsel befand. Am fernen Horizont schillerte die silberne Unendlichkeit des Meeres.

Sie konnte ihren Blick nicht davon lösen, und sie versuchte das Schiff auszumachen - das Schiff mit ihrem Geliebten. Mit verschleiertem Blick fixierte sie einen winzigen weißen Punkt in diesem endlosen Blau. Jäh krampfte sich ihr Herz zusammen. War das alles, was geblieben war von ihrer großen Liebe, ein weißer Punkt im Meer? Sie wandte ihren Blick und schaute hinunter auf Wiesen und auf die Stallungen der Schafe, und sie sah unter sich die grauen Dächer und die grünlichen Bordsteine. Sie würde weder herausfinden, wo die Bewohner dieser Stadt hergekommen waren, noch warum sie grüne Gesichter hatten. Die untergehende Sonne sendete letzte Strahlen; das Schimmern von Gelb und Grün wurde blasser und dann gingen die ersten Lichter am Hafen an. Außer dem böigen Wind drang kein Geräusch, nicht der leiseste Ton zu ihr herauf. Niemand konnte sie hören, aber sie konnte sich nicht einmal hinabstürzen, denn um das Podest herum befand sich ein hohes Eisengitter. Ihr Herz lag wie ein Stein in ihrer Brust. Daher legte sie sich flach auf den Steinboden und starrte nach oben in die Unendlichkeit.

Und urplötzlich war sie wieder da, hoch über ihr,
die weiße Wolke.
Deutlich erkannte sie den Namenszug $\mathcal{LEA}$.

Allerdings waren die Konturen sehr verschwommen, und doch... Es musste dieselbe Wolke sein, musste, denn es war der einzige Hoffnungsschimmer auf diesem unendlichen Irrweg. Eigentlich wollte sie diese Wolke für immer vergessen. Nun stand sie unbeweglich, nicht im Westen über dem Hafen, sondern direkt über ihr. Was hatte das zu bedeuten? Während sie noch hierüber nachdachte nahm sie der Schlaf in seine gnädigen Arme.

Als sie aufwachte, regnete es. Sie fror entsetzlich und zog ihre warme Jacke aus der Wolle von den Schafen fester um die Schultern. Wieder gingen ihre Augen suchend nach oben, doch diesmal in einen wolkenverhangenen Himmel, grau in grau. Die weiße Wolke war verschwunden. Noch ein wenig benommen kam ihr der Traum von dieser Nacht in den Sinn. Die Wolke war ihr erschienen, und zwar mit einer langen Strickleiter aus festen Schnüren, die bis zu ihr herab reichten - eine unmissverständliche Aufforderung??
Sie versuchte sich Einzelheiten des Traumes ins Gedächtnis zu rufen, aber sie konnte sich nur noch an ihr Gefühl erinnern, zu feige gewesen zu sein, sich an dieser Leiter hochzuziehen. Nun war die Wolke dahin, verronnen mit den Regentropfen, welche unentwegt auf sie herab prasselten - und intuitiv sog sie diesen wunderbaren Regen in sich auf. Gitta wusste nicht mehr weiter. War am Ende alles nur ein Traum? Diese lange sonderbare Reise! Was sollte sie tun? Hier oben auf dem Turm konnte sie nicht länger bleiben.
Sie musste die Wendeltreppe wieder hinabsteigen um in ihr monotones Leben zurückzukehren, zurück zu den nobel gekleideten Menschen, um in der Nähstube Kleider zusammenzunähen. Die grünen Stadtbewohner würden sich nicht einmal wundern, denn Gefühle waren ihnen fremd. Es

waren reine Verstandeswesen, bei denen jegliche Emotionen erloschen waren. Gitta ließ ihren Gedanken freien Lauf. Vielleicht waren es nicht einmal richtige Menschen, mit denen sie es zu tun hatte, sondern Maschinen, welche nach einem bestimmten Schema funktionierten. Vermutlich war es denen entgangen, dass sie als Einzige nicht mehr dabei war, als alle anderen zum Hafen gefahren wurden.

Musste sie nun für immer bei Objekten bleiben, die keine Anteilnahme kannten - keine Liebe? Oder sollte sie am Hafen auf ein neues Schiff warten?

Sie musste sich auf die Suche machen - nach Cal?

Würde sie ihn je wiederfinden?

Bestand überhaupt die Aussicht auf ein Wiedersehen?

Gab es noch einen schwachen Schimmer von Hoffnung?

Etappe VIII
1000

in der Schwerelosigkeit

Noch zögerte sie und konnte sich nicht dazu entschließen, gleich wieder hinab zu steigen. Warum auch. Innerlich wie lahmgelegt verbrachte sie daher geraume Zeit hoch oben im Turm mit Grübeleien. Als die Dämmerung erneut hereinbrach, beobachtete sie am östlichen Himmel ein seltsames Fluggerät. Es war keines der Fahrzeuge aus dem Ort, denn es war oval, und es funkelte und erinnerte irgendwie an eine Lichterkette am Weihnachtsbaum. Sogleich war sie hellwach. Ein erster Gedanke sprang sie an: ein Ufo, ein unbekanntes Flugobjekt! Sicher, darüber gab es schon des Öfteren Spekulationen, aber waren die fliegenden Autos nicht auch unbekannte Fluggeräte? Das Mühlrad in ihrem Kopf drehte sich immer schneller, als sie nämlich beobachten konnte, wie die Lichterkette größer wurde, heller wurde und - näherkam. Zuletzt stand das Oval senkrecht über der Turmspitze und entwickelte eine magnetische Anziehungskraft, die so gewaltig war, dass Gitta ihr nicht widerstehen konnte. Und so ließ sie es geschehen, dass sie aufgenommen wurde in eine völlig neue Phase.

Ihr Blick fiel auf kalkweiße Wände, und sie stellte fest, dass sie quer an einer solchen Wand hing - nein, irgendwie klebte sie daran. Sie drückte sich mit den Händen leicht ab und schwebte durch einen nahezu leeren Raum.

Wow, sie konnte fliegen! Als sie dies halbwegs verinnerlicht hatte, ließ sie ihre Augen durch diesen unbekannten Raum schweifen und stellte fest, dass sie sich in einer Art Kapsel befand. Diese war geräumig, und sie begann jeden Winkel zu inspizieren. Oben in der Decke befanden sich verschiedene Klappen hinter denen sich möglicherweise allerlei Dinge verbargen, von denen sie nicht die leiseste Ahnung hatte. Was wollte sie finden? Vorrangig nur eine Antwort auf das, was ihr zugestoßen war.

Doch sie sah nur Wände, aber diese waren nicht eckig, sondern meist wellig mit unterschiedlichen Rundungen. Demzufolge gab es keine richtigen Ecken. Die obere Decke war ebenfalls leicht gewölbt. Das war seltsam, und sie musste zeitweise die Augen schließen, denn ihr wurde zunehmend schwindelig. Was tatsächlich mit ihr geschehen war, ging ohnehin über ihr Vorstellungsvermögen. Die Idee, sich in einer schwerelosen Kapsel zu befinden, schien absurd, und auf derartiges konnte man nie und nimmer vorbereitet sein. Niemand hätte das gekonnt. Erst so nach und nach ging Gitta ein Licht auf, und ihr wurde klar, dass sie sich außerhalb des Schwerefeldes eines Planeten befinden musste – also doch in der Schwerelosigkeit. Daher kam bestimmt auch der Taumel, den sie bisher nicht gekannt hatte. Dass sie womöglich in einem ganz fremden Sonnensystem gelandet sein könnte, war absolut unvorstellbar, so dass sie diese Möglichkeit ganz und gar ausschloss. Die Wahrscheinlichkeit, von einem Ufo entführt worden zu sein, rückte indes in den Bereich des immerhin Denkbaren.

Bis jetzt registrierte sie lediglich, dass sich außer ihr kein anderes Lebewesen in dieser Kammer befand. Zum einen war das beruhigend, jedoch befand sich weit und breit auch kein Ansprechpartner, dem sie ihre brennenden Fragen hätte stellen können. Wer oder was hatte sie entführt und hierhergebracht? Irreale Bilder bereiteten ihr zunehmend Kopfschmerzen. Hella konnte es nicht sein; die existierte schließlich nicht mehr, war zerstört für die Ewigkeit...
Das war immerhin beruhigend.

Als die Neugier sie durch eine schmale Röhre trieb, stellte sie fest, dass diese mit mehreren Hebeln ausgestattet war, die aus der Wand zu wachsen schienen, mal mit kurzen, mal mit langen Griffen. Außerdem gab es eine Art Konsole mit unzähligen blinkenden Tasten, Zahlen und Monitoren. In einem anderen Raum, welchen sie durch einen engen Spalt erkundete, befanden sich merkwürdige Geräte, die Gitta zuvor noch nie gesehen hatte, die meisten mit großen und kleineren Räderwerken. Manche Gebilde bestanden aus Formen von menschlichen, aber auch von tierischen Körperteilen und wirkten höchst gruselig. Gitta fühlte sich ertappt bei dem Versuch etwas Verbotenes entdeckt zu haben und verließ kopflos diesen Instrumentenraum. Daneben gab es eine kleine Kammer, welche an einen medizinischen Operationssaal erinnerte. Das grelle

Deckenlicht betonte die weiße Farbe und ließ das Eisengestell einer Liege außergewöhnlich steril wirken.

Ein Forschungslaboratorium - für Experimente??

Dieser Gedanke sprang sie jählings an, ohne Vorwarnung und ohne zu erfassen, wer oder was denn das vermeintliche Forschungsobjekt sein könnte…

Unfähig das Erdachte bis zum Ende weiterzuspinnen, vernahm sie plötzlich Geräusche - ein Knirschen - ein Knattern. Eine der Maschinen hatte sich selbständig gemacht und kam auf zwei metallenen Beinen geradewegs auf sie zu. Ein Roboter!

Dieser bewegte seine rostig wirkenden Gliedmaßen stoisch. Eine Flucht war unmöglich, und in ihrer größten Not konnte sie nur noch die Hände vors Gesicht schlagen. Sie spürte, wie quietschende Arme nach ihr griffen. Daraufhin wurde sie wie ein Streichholz in die Höhe gehoben. Das Schreien blieb ihr im Halse stecken.

Gibt es einen stummen Schrei?

„Jetzt ist alles aus", war das Letzte, was ihr in den Sinn kam, denn die Furcht vor etwas ganz Schrecklichem lähmte jede positive Energie, welche doch einmal vorhanden gewesen sein musste. Stumm vor Angst hielt sie still und wartete darauf, dass diese Maschine ihr alle Knochen brechen würde. Als nichts dergleichen geschah, versuchte sie sich aus dieser stählernen Umarmung zu lösen - vergeblich! Behutsam und überaus bedächtig wurde sie zu der eisernen Liege getragen und dort abgelegt. Sie versuchte Arme und

Beine zu bewegen, und es ging erstaunlich leicht, aber als sie aufstehen wollte, kam ihr der Roboter gefährlich nahe. Der Geruch von Schmieröl stieg ihr in die Nase, und dann wurde sie mit der Kraft starker Arme niedergedrückt. Morgen werde ich aufstehen und nachschauen wo ich gelandet bin, folgerte sie.

Morgen ist ein ganz neuer Tag.

Als sie aufwachte, fühlte sie sich auffallend beschwingt. Was war geschehen?

Voller Tatendrang beschloss sie, nach jedem Erwachen ein kleines Stück ihrer Schuhbänder an einem Platz zu deponieren. Somit hätte sie wieder einen funktionierenden Kalender, indem sie nämlich von der Anzahl dieser Schnüre die Zahl der Tage ableiten könnte. In Ermangelung einer Schere - „Ach wozu hab ich Zähne"- klappte das ganz gut, und von da an kaute sie sich jeden Morgen ein Stück von den Schnürsenkeln ab. Das war durchaus nicht die einzige Kost für ihre Zähne, denn sie hatte festgestellt, dass es für ihr leibliches Wohlergehen eine Kammer mit Vorräten gab. Die Roboter befanden sich tagsüber in Ruhestellung, und daher war es möglich, diese angstfrei zu betrachten, jedoch gelang es ihr nicht, auch nur ansatzweise in das Innenleben der Maschinen vorzudringen, obwohl sie mehrmals versuchte, einige der Hebel zu bewegen.

Fortan schwebte sie ohnehin am liebsten von einem Raum zum anderen, genoss die Leichtigkeit ihres Körpers und war fasziniert von diesem neuen Gefühl der Schwerelosigkeit. Vollkommen wunschlos taumelte sie durch einen Tunnel aus Glückseligkeit, so dass sie nicht einmal die Einstichstellen in ihrer linken Armbeuge bemerkte. Aber die waren da!

Der übergangslose Wechsel zwischen Hell und Dunkel geschah in regelmäßigen Abständen Sie hatte sich nahezu daran gewöhnt, am Ende eines jeden Tages zu dem Gitterbett getragen zu werden. So absurd es auch sein mochte, empfand sie dieses Ritual als durchaus angenehm. Einmal jedoch begab sie sich von alleine auf diese Liege, doch da bekam sie den Unmut des Roboters zu spüren. Offenbar suchte er sie in dem schmalen Verbindungsgang, schnaubte wie wild und blies stinkenden Rauch aus. Gitta verkroch sich so gut es eben ging und beobachtete aus sicherer Entfernung das Geschehen. Anfangs fand sie das noch lustig, obwohl, ein bisschen unheimlich war es schon, dieser tobenden Maschine zuzuschauen. Von diesem Zeitpunkt an wartete sie stets bis sie abgeholt wurde, denn dann war das Eisengebilde überaus friedlich.

Nach dem vierten Fetzen Schnürsenkel, welches sie fein säuberlich in einem kleinen Winkel aufbewahrte, begab sie sich auf die Suche nach einer Öffnung in dieser Kapsel. In der Tat fand sie versteckt ein kleines Fenster, eine Art

Bullauge, oben am Ende vom Flur. Nun pendelte sie immer wieder vor dieser Luke auf und ab in der Hoffnung, einen Blick nach draußen zu erhaschen. Vergeblich; da war nichts zu sehen, nur finstere Nacht. Nach dem siebten Stück Schnürsenkel bemerkte sie unversehens an sich selbst eine seltsame Veränderung. Offenbar befand sie sich in einem kontinuierlichen Wandel, denn auf einmal begriff sie die mannigfaltigen Funktionen der Maschinen, so, als hätte ihr jemand ganze Gebrauchsanweisungen eingeimpft. Damit nicht genug, sie entwickelte eine besondere Fingerfertigkeit für das Bedienen der Triebwerke und des Tastenapparates. Woher kamen plötzlich diese Fähigkeit und das spezielle Fachwissen? Aber es ging noch weiter, und sie konnte spüren, wie sich fortgesetzt weitreichende Hinweise und Anweisungen in ihrem Kopf anhäuften. Wo kamen diese her? Wurde ihr dieses Wissen durch eine Art Telepathie übertragen? Wurde sie manipuliert? War sie ein Versuchsobjekt? Aber sie war doch ganz allein in dieser Kapsel. Wer war der Urheber all dieser absurden Geschehnisse? Wo lag der Sinn des Ganzen? Ihr Kopf drohte zu zerbarsten angesichts der vielen neuen Instruktionen.

Ihre Schnürsenkel waren fast aufgebraucht, als sie eines Morgens eine gedämpfte Melodie hörte, immer die gleichen vier Klänge, der Anfang der Schicksalssinfonie. Beethoven! Ta ta ta taa - die Fünfte - Papas Lieblingsmusik. An ihn wollte sie nun überhaupt nicht erinnert werden.

Wahrscheinlich vermisste er sie am meisten und ließ sie bereits suchen mit Hilfe der Polizei. Hastig versuchte sie daher, diese Musik irgendwie abzustellen, und zielsicher, beinahe wie in Trance betätigte sie einen der zahlreichen Hebel. Sogleich wurde es still. Und wieder stand die Frage im Raum: woher wusste sie, wie dieses unbekannte Gerät zu bedienen war? Sie hatte sich noch nie mit technischen Dingen beschäftigt, in der Schule sowieso nicht.

In der Schwerelosigkeit der Kapsel hatte Gitta Zeit und Muße darüber nachzudenken. Immer häufiger konnte sie sich des Gefühls nicht erwehren, die Roboter würden mit ihr kommunizieren, besonders der eine, der sie immer zur Ruhe legte. Der schaute immer so besorgt. Oder bildete sie sich dies nur ein? War der Wunsch Vater ihrer Gedanken. Lag es daran, dass sie sonst niemand hatte? Wo mochte Cal sein? Sorgen über das Maß ihrer Einsamkeit hatte sie fein säuberlich verdrängt, und so begann sie eine Verbindung zu der Maschine aufzubauen, hatte ihr sogar einen Namen verpasst. „Robbi" nannte sie dieses Monstrum aus Eisen. Ihr wacher Verstand allerdings mahnte sie zur Nüchternheit und meinte, dieser Name wäre möglicherweise originell aber total kitschig.

Doch was geschah da gerade in den zwei Welten, die sich offenbar in ihrem Kopf befanden? Ständig, in jeder nur denkbaren Situation begegneten ihr diese beiden Seiten, dieses Für und Wider einer Sache. Ihre Neugier war geweckt

und ließ sie fortan nicht mehr zur Ruhe kommen. Noch zögerte sie, aber nachdem von den Kordeln der Schuhbänder keine Fetzen mehr existierten, und somit ihr Tageskalender seine Funktion beenden musste, machte sie sich mit zitternden Fingern an den mannigfaltigen Schaltern zu schaffen. Ihr war urplötzlich bewusstgeworden, dass die Kapsel, in welcher sie definitiv eingeschlossen war, mit rasender Geschwindigkeit abdriftete. Wohin? Schneller und immer schneller verlor sie sich in den unendlichen Weiten des Weltraums. Gitta begriff, dass es ihr gelingen musste dagegen zu steuern, wollte sie je wieder in die Nähe ihres Heimatplaneten gelangen. Sie hatte keine Zeit zu verlieren, musste zurücksteuern – zurück zur Erde – zurück –
aber wie?
Sie musterte ihre linke Armbeuge und entdeckte die Einstichstellen der Kanüle. Und plötzlich fiel es ihr wie Schuppen von den Augen. Alle neuen Informationen empfing sie während sie schlief- per Injektion. War dies nun gut oder schlecht? Waren die Roboter gut oder böse? Wäre das die Frage aller Fragen? Aber Maschinen waren Arbeitsgeräte, Werkzeuge welche weder gut noch böse sein konnten. Aber…wer steckte dahinter?
War ihr Schicksal bereits längst besiegelt?
Ihre untrügliche Wahrnehmung sagte ihr, dass sie nur anhand dieser Elektronenrechner die Reise ins Endlose möglicherweise stoppen, die Flugbahn ändern, sozusagen ins Umgekehrte zurück spulen könnte.

Die Situation war eindeutig; sie musste selbst aktiv werden oder für immer in der Unendlichkeit gefangen bleiben.

Oder sollte es weit weg, irgendwo da draußen einen ganz neuen Ort geben, ein anderes Leben? Gitta war verzweifelt, hatte sie doch null Ahnung von Raumfahrt und mit damit einhergehenden Wissenschaften. Bei ihren spärlichen Exkursionen durch die Kapsel fand sie in den verborgenen Winkeln laufend neue Utensilien, unbekannte Gebilde, welche komplizierter nicht sein konnten und mit denen sie so rein gar nichts anzufangen wusste. Demzufolge verwirrten diese Dinge mehr als sie nutzten und waren nicht hilfreich.

Jedoch das sollte nicht so bleiben.

Denn nun passierte es wiederholt, dass sie unvermittelt in einen Dämmerzustand fiel und danach war ihr Kopf voll beladen mit neuen Informationen. Unglaublich, aber ganz allmählich fand sie sich in dem Chaos der Elektronik zurecht. Eines hatte sie jedenfalls schon gelernt, die Computer waren ihr freundlich gesonnen, und so bemühte sie sich ihrerseits, diese pfleglich zu behandeln. Und das war gut so. Jetzt lag alle Verantwortung bei ihr. Jedoch, wo sollte sie anfangen?

Sie zermarterte sich ihr Hirn und fragte sich, ob es für jeden ein persönliches Schicksal gibt, dem man nicht entkommen kann, weil es bereits seit der Geburt vorbestimmt ist. Warum also sich gegen die Macht des Schicksals stellen und dagegen ankämpfen? Bei einem solch sinnlosen Kampf konnte man schließlich nur verlieren. Lehrer Groß hatte allerdings des Öfteren von einem ganz persönlichen Schicksal gesprochen, das jeder Mensch selbst gestalten könne.

„Absoluter Schwachsinn", urteilte sie damals - und jetzt? Hatte sie sich womöglich selbst in diese Situation manövriert? Nie im Leben!

Und doch... es gab diese lautlosen Zwiespälte.

Kannte sie denn ihr eigenes Schicksal? Warum war sie die Einzige in der Schule gewesen, welche um die Freundschaft zu Hella gebuhlt hatte? Sie war ihr geradezu nachgelaufen, damals... Warum?

Dies hatte sie jedenfalls freiwillig getan. Das hätte sie nicht gebraucht. Alle anderen waren gegen Hella. War es ihr Leichtsinn oder ihre übergroße Torheit, nicht zu merken, welche Gefahr von diesem Mädchen ausging? Welcher Teufel hatte sie geritten?

War es das sonderbare Verhalten von Hella, das diese Faszination bei ihr ausgelöst hatte? Sie wusste von Anfang an, dass Hella anders war, und - oh Schreck - genau dies hatte ihr Interesse geweckt.

Gitta verbrachte viel Zeit mit Nachdenken, doch allein, was nützte es? Es war zu spät, denn währenddessen steuerte das Flugobjekt mit unvorstellbarer Geschwindigkeit weiter zu entlegenen Zielen jenseits aller Vorstellungskraft. Gab es keine Rettung mehr? Wenn sie doch irgendetwas unternehmen könnte, das Rad der Zeit zurückdrehen!

Lag dies überhaupt im Bereich des Möglichen?

Bei ihren regelmäßigen Schwingen durch eine Art Kontrollraum entdeckte sie erneut versteckte Zugänge zu diversen Nischen. In einer solchen befand sich ein kompletter Weltraumanzug, außerdem ein verschnürtes Paket. Gitta hatte zwar noch nie einen Fallschirm zu Gesicht bekommen, aber hier musste es sich definitiv um einen solchen handeln. „Gut gemacht braver Robbi", murmelte sie. Um etwas Abwechslung bemüht, versuchte sie sich in den Anzug zu zwängen, was ihr allerdings nicht gelingen wollte. Zwischendurch inspizierte sie immer wieder die Luke, schaute nach draußen, jedoch es war stets dasselbe. Rundum war nichts zu sehen als dieses grenzenlose schwarze Nichts. Wozu also ein Fallschirm?

Sie konnte nicht mehr einschätzen, wie lange sie sich schon in der Schwerelosigkeit befand, zum einen, weil es außerhalb der Kapsel ständig finster war, aber auch, weil sich ihre Gewohnheiten drastisch verändert hatten. Sie hatte das Gefühl, manchmal nur wenige Minuten geschlafen zu haben. Trotzdem wachte sie frisch und ausgeruht auf. Der Begriff „Zeit" hatte im Weltraum sicherlich keine Bedeutung, und unmerklich passte sie sich einem neuen Rhythmus an; fühlte sich immer mehr als ein Teil der gesamten Apparatur. Sollte sie am Ende selbst zu einer Maschine mutieren? In wiederkehrenden Abständen inspizierte sie die Computer, bis sie auf einmal erstaunt feststellte, dass ihr Wissen und somit ihre Überlegenheit diesen Geräten gegenüber stetig wuchs.

Es war bei einer ihrer regelmäßig durchgeführten Kontrollen. Mit dem Fachwissen einer Spezialistin, die zuvor noch nie etwas anderes getan hatte, drückte sie zwei Knöpfe gleichzeitig und legte danach einen der zahlreichen Schalter um. Es musste ein besonderer Schalter gewesen sein, denn auf den Monitoren fand unmittelbar danach eine minuziöse Veränderung statt. Der Hintergrund eines Bildschirmes begann zu flattern, und ein heftiger Ruck kündigte offenbar eine komplette Abweichung der bisherigen Richtung an. Gitta wusste instinktiv: Irrtum ausgeschlossen. Mehr konnte sie nun nicht mehr tun; Es hieß abwarten wohin die Reise ging. Doch danach geschah lange Zeit überhaupt nichts.

So hatte sie die Möglichkeit, sich noch intensiver mit den neuen Studien zu beschäftigen, und nach und nach erkannte sie die verschiedenartigen Zusammenhänge in dem Wirrwarr von Zeichen und Zahlen. Und obwohl es ihr nicht gelingen wollte, den derzeitigen Standort der Kapsel herauszufinden, erschien plötzlich vieles auffällig unkompliziert. Es musste an den Infusionen liegen, welche ihr immer noch während der Ruhephasen eingeimpft wurden.

Später war sie so sehr mit vielfältigen Kontrollen beschäftigt, dass sie keinen Blick mehr durch die Luke warf. Draußen war ohnehin nichts zu sehen als schwarze Nacht. Aber noch etwas Anderes hatte ihr Interesse geweckt und zwar die Faszination über den Aufbau des Fallschirmes. Nachdem sie diesen mehrere Male auseinandergebreitet und wieder zusammengefaltet hatte, hielt sie diese Beschäftigung allerdings für mehr oder weniger sinnlos. Daraufhin verstaute sie dieses Rettungspaket wieder zurück in die Kammer. Und wieder wandte sie sich den Kontrollbildschirmen zu und hoffte irgendwann irgendein Signal zu empfangen. Doch es geschah nichts.

Abermals verharrte sie in einer Art Warteschleife. Das mochte sie nun überhaupt nicht, denn unkontrolliert meldete sich die Sehnsucht nach Cal.
Ein Wiedersehen war mehr als ausgeschlossen in diesen grenzenlosen Sphären. Doch ihre Gedanken ließen sich nicht so einfach steuern wie ein Computer. Immer wieder wurde sie von quälenden Fantasien verfolgt. Ihr Liebster fehlte ihr so sehr, und sie fragte sich, ob er sich mit den anderen Siedlern noch auf dem Meer befand? Oder sollte es ihnen inzwischen gelungen sein das Schiff zu verlassen, um sich in einem neuen Land, weit weg im Nirgendwo, eine neue Heimat zu schaffen. Sie würde es nie erfahren, und damit musste sie sich abfinden, aber - es tat so unendlich weh. Danach verfiel sie in eine stille Trostlosigkeit, weil sie in einem Leben ohne Liebe keinen Sinn mehr sah. Um sich abzulenken von den traurigen Gedanken schaute sie wieder öfter durch das Sichtfenster, und obwohl dahinter alles dunkel war, fühlte sie sich dort in diesem uferlosen Nichts

ihrem Liebsten am nächsten. Ob Cal manchmal noch an sie dachte? Oder hatte er sie bereits vergessen?

Und mitten in diese trüben Fantasien kam ein Licht von unvorstellbarer Schönheit auf sie zu, anfangs nur ein Schimmern in der Dunkelheit, eine Kugel, die sich bewegte und zum Greifen nahe schien, ein blauer Planet, die Erde. Es war fantastisch, und vor Glück standen Gitta Tränen der Freude in den Augen. Fortan verharrte sie hinter dieser Luke, um unverwandt nach unten zu schauen. Sie konnte beobachten wie der Planet in wiederkehrenden Abständen seine unterschiedlichen Seiten präsentierte. Manchmal erkannte sie sogar Konturen von Europa, den Italien-Stiefel, den Helm von Spanien, und den Hund im Nordmeer. Das hatte Papa ihr so erklärt, als sie noch klein war. Freilich konnte sie von hier oben keine Ländergrenzen erkennen so wie auf einer Landkarte. Es war schlimm die Heimat zu sehen, aber keine Möglichkeit zu haben, dahin zu gelangen. Sie fragte sich, ob es ihr Schicksal sei, die Erde für den Rest ihres Lebens nur vom Orbit aus zu betrachten, aus einer geschätzten Entfernung von etwa 500 Kilometer.

Während einer der nächsten Ruhephasen wurde ihr eingetrichtert, quasi eingeimpft, oder was auch immer, dass sie sich der Erde annähern müsse. Das „wie" allerdings war ein großes Fragezeichen und bereitete ihr Kopfzerbrechen. Daher begab sie sich in den Kontrollraum und begann blindlings eine Abfolge von Zahlen und Buchstaben in den Bordcomputer zu tippen. Ach, warum konnte sie nicht zaubern? Hella besaß Zauberwasser. Ihre Gedanken fuhren mal wieder Karussell. Warum konnte man die quälenden Gedanken nicht aus ihrem Gehirn entfernen, einfach löschen? Gitta wusste inzwischen um die wiederholten Manipulationen ihrer Bewusstseinserweiterung und auch über die spektakulären Maßnahmen, mit denen ihr die neuen Kenntnisse eingetrichtert wurden. Das hatte nichts mit Hella zu tun.

Oh nein, da steckte nicht Hella dahinter.

Sie hegte keinerlei Zweifel mehr, es waren gute Kräfte, vielleicht außerirdische Mächte, die ihr diese einzigartige Möglichkeit geben wollten, um wieder zurück zu finden auf ihren Heimatplaneten. Ob sie wollte oder nicht, sie war sie auf diese ausgefallene Art der Weiterbildung angewiesen. Es ging einzig ums Überleben. Daher versuchte sie ihre Ungeduld zu bekämpfen und im Vertrauen auf das Schicksal einfach mal still abzuwarten. Jedoch das Nichtstun lag nicht in ihrer Natur und lähmte sie zunehmend, und sie kam weder der Lösung ihres Problems noch dem blauen Planeten näher. Dagegen wusste sie, dass letzten Endes Mut und Entschlossenheit gefragt waren, jedoch um diese Tugenden war es gerade äußerst schlecht bestellt. Und wiederholt verfiel sie in eine Starre, dabei war dies gerade das Allerschlechteste.

Erst als sie auf ihrem Posten hinter der Luke mit Entsetzen feststellen musste, dass die blaue Kugel zunehmend kleiner wurde und folglich dabei war, sich unwiderruflich aus ihrem Sichtfeld zu entfernen, erschrak sie vollends. War sie schuld? Hatte sie etwas Falsches gemacht? Zu früh aufgegeben? Einen stümperhaften Programmcode eingegeben? Nun hatte sie erst recht keine Wahl mehr. Angsterfüllt musste sie ein letztes Mal alles versuchen den derzeitigen Standort ihres Gefängnisses im Orbit zu verlassen und sich wieder der Erde anzunähern. Dabei hoffte sie auf die Hilfe der Maschinen, der Roboter oder was auch immer. Wild entschlossen begab sie sich noch einmal in den Kontrollraum. Äußerst vorsichtig geworden - wusste sie um diese letzte Chance und probierte diesmal nicht mehr wahllos an verschiedenen Schaltern gleichzeitig herum zu manipulieren, sondern tastete sich präzise und gezielt in das Innenleben der Elektronikgehirne vor. Instinktiv wusste sie, was zu tun war, denn die erforderlichen Kenntnisse waren augenblicklich präsent, irgendwo unter ihrer Schädeldecke. Es sollte doch gelingen, dieses Wissen aufzurufen. Und in der Tat, auf einmal war alles ganz einfach, und es funktionierte - als wäre sie ferngesteuert. Wie von Geisterhand taten sich Möglichkeiten auf, mit denen sie nie gerechnet hatte. Danach sank sie völlig erschöpft in sich zusammen.

Wie von selbst entwickelte sich ein Programm von ungeahnter Dimension. Ruckartig veränderte die Kapsel ihre bisherige Position und näherte sich wieder der Erde. Die Freude hierüber währte allerdings nicht lange, denn

Gitta brauchte nicht viel Einbildungskraft, um sich ausmalen zu können, was geschehen würde, wenn … aber auch diese Ängste verdrängte sie. Einen Absturz aus dieser Höhe würde sie jedenfalls nicht überleben. Doch dann formte sich in ihrem Kopf ein weiterer Plan. Ihr war eingefallen, dass sich hinter einer der Bodenklappen ein Raumanzug sowie ein Fallschirm befanden. War das die Lösung? Ein Funken Hoffnung wäre nicht schlecht in dieser vertrackten Lage. Fieberhaft öffnete sie den Verschlussdeckel und fand alles genauso wie beim letzten Mal.

„Willkommen im Tal der Ahnungslosen" - verdammt, die blöden Sprüche ihres Lehrers verfolgten sie sogar bis ins Weltall. Immerhin hatte sie gelernt, dass es fortwährend neue Wege und Möglichkeiten gab. Trotzdem war sie im Moment mal wieder völlig ratlos, denn schon die erste Hürde schien unüberwindlich. Wie sollte sie um Himmels Willen in diesen Anzug hineinkommen? Sie hatte es doch schon mehrmals vergeblich probiert. Außerdem hatte sie sich noch nie in ihrem Leben mit der Bedienung eines Fallschirmes beschäftigt.

*

Etappe IX
1001

zurück zur Erde

Erschöpft und abgespannt ließ sie sich von den starken Armen des Roboters zu dem Eisenbett tragen. Das Vertrauen zu ihrem Robbi war mittlerweile grenzenlos; Kunststück, es war ja sonst niemand da. Doch dieses Urvertrauen sollte nicht enttäuscht werden, denn als sie aufwachte befand sie sich wie von Geisterhand eingepackt in einem festen Spezialanzug. Wow! Also wenn das nicht einen Sinn hatte!

Als sie ihren Blick nach draußen wandte, musste sie erst einmal ihre Augen schließen. Sie war geblendet, denn sie war der Erde schon sehr nahe, näher als während dieser ganzen sonderbaren Reise. Nun war höchste Eile geboten, denn nach den neusten Berechnungen befand sie sich nur noch etwa 300 Kilometer von der Erde entfernt. Aber halt, war das gestern gewesen? Wenn das so weitergehen sollte - wenn sie noch näher an die Erde herankommen sollte - was dann? Würde sie irgendwann abstürzen? Man würde nichts mehr von ihr finden. Fieberhaft schwang sie sich zu dem Gestänge des Fallschirms. Sie ahnte es, hoffte es, das Wissen um die Handhabung desselben wurde ihr im Schlaf von dem Roboter buchstäblich eingetrichtert. Sie brauchte es nur noch aus den Wirren ihres Gehirns hervor zu graben. Daher versuchte sie sich zu erinnern und begann damit, die Schnüre des Fallschirms in die korrekte Position zu bringen.

Das klappte immerhin ganz gut, und sie war mächtig stolz, denn was sie am Ende sah, als sie an sich herunterblickte, war beeindruckend. Die Frage, ab welcher Höhe es überhaupt möglich wäre herunter zu springen, konnte sie allerdings nicht beantworten. Sie musste noch warten. Die Aufregung schnürte ihr jetzt schon beinahe die Luft ab, aber es war ihre einzige Chance. Sie musste es schaffen, nachdem die Kapsel in die Stratosphäre eingetreten war. Laut den Monitoren betrug die Entfernung zur Erde nun nur noch 50 Kilometer, aber es wurden weniger… Die Erde kam rasch näher. Noch zögerte sie, und sie hoffte auf ein Wunder. Zu spät bemerkte sie den Rauch aus dem hinteren Teil der Kapsel. Und dann, eine Explosion - eine Stichflamme. Die Öffnung der Luke zersprang. Es blieb keine Zeit mehr zum Überlegen was passieren könnte, sollte sie im Meer landen, oder an einem Felsen zerschellen. Hier konnte sie keine Sekunde mehr verharren, denn die Kapsel drohte jeden Moment vollkommen auseinander zu brechen.

Gitta war bereit zum Sprung. Was danach geschah war unbeschreiblich. Sie stürzte sich mit ihrem Spezialanzug aus der Kapsel. Sie sah die Dunkelheit des Weltraumes, konnte die unterschiedlichen Schichten der Atmosphäre erkennen, und wie ein Pfeil, schneller als der Schall, schoss sie nach unten. Sie konnte kaum atmen, hatte das Gefühl es geht jetzt immer so weiter, bis es sie irgendwann nicht mehr gab. Na ja, sollte sie verglühen, sich auflösen, oder erfrieren, spüren würde sie nichts mehr. Doch nach etwa fünf Minuten - oder waren es fünf Stunden - der befreiende Ruck; der Fallschirm öffnete sich, ganz so, wie es sein sollte, und von da an schwebte sie ihrem Heimatplaneten zu. Ein wunderbarer Flug, der alles in den Schatten stellte, was sie bisher erlebt hatte. Es war berauschend. Sie machte sich keine Gedanken mehr darüber, ob und wie sie landen würde. Es zählten nur diese fantastischen Momente. Alles andere war gleichgültig, denn sie fühlte sich engelsgleich, wie ein überirdisches Wesen. Sie konnte fliegen, und unter ihr bewegte sich ein sanfter grüner Hügel auf sie zu, kam näher…

Schließlich landete sie nahe einer Felsenklippe. Dort war es sehr still, und sie war allein, und sie legte sich flach auf die Erde - auf die Erde???
Sie sog den frischen Tau der Wiese in sich auf und blinzelte der untergehenden Sonne zu. Irgendwann entledigte sie sich ihrer Kluft. Sie fror trotz der warmen Strickjacke, die sie immer noch trug. Die Umgebung kam ihr bekannt vor, doch es war so viel geschehen, dass sie sich nicht gleich zurechtfinden konnte. Sie versuchte aufzustehen um sich auf sehr wackeligen Beinen aus der Gefahrenzone einer Felsenschlucht zu entfernen.

Mittlerweile war es fast dunkel geworden, doch zum Glück konnte sie noch beizeiten den Graben erkennen, der sich nur wenige Schritte vor ihr auftat. Der Abgrund, war düster und feucht, und ein modriger Geruch stieg zu ihr herauf. Die Erinnerung erreichte sie stückweise, denn genau hier war es, an dieser Stelle: „Kannste zaubern?", hatte Hella sie gefragt. Dann bekam sie das besagende Zauberwasser. Es schmeckte nach Salz und Himbeersaft. Gitta sah alles so deutlich vor Augen, als wäre es erst gestern gewesen. Daher hielt sie sich vorsichtig auf dem Damm und balancierte auf diesem so lange, bis sie endlich den Graben gefahrlos überqueren und den Hügel hinabklettern konnte. Als sie bald darauf die bekannte Allee erreichte, hätte sie jubeln können. Zweifellos, es war die Fasanenallee. Augenblicklich fiel alle Müdigkeit von ihr ab. Jetzt war sie nicht mehr zu bremsen. Es war nicht mehr weit bis zu ihrem Elternhaus. Sie kam an der Tankstelle vorbei, wo Papa sonntags die Brötchen kaufte. Sie war wieder daheim. Das Gefühl war überwältigend, und alle angesammelten Müllberge in ihrem Kopf lösten sich in nichts auf. Sie bog in eine Seitenstraße ein. Blind vor Glück rannte sie einem Passanten in die Arme, der sich noch um diese späte Stunde auf dem Weg befand. „Tschuldigung", stammelte sie versöhnlich und machte sich eilends davon, ohne noch einmal zurückzuschauen. So konnte sie das feine Lächeln des Fremden nicht mehr sehen, welches sein ganzes Gesicht überzog. Und sie sah auch nicht die hellen klaren Augen, welche so überglücklich strahlten.

Als sie vor endloser Zeit von hier fortging war Februar, und es war kalt und windig. Sie versuchte sich zu erinnern. Es war an einem Nachmittag, der laute Knall, und dann war da Hella. Mit ihr hatte alles angefangen. Hella, die ihr böses Unwesen trieb und sie als Werkzeug benutzte. Hella, die ein friedliches Dorf im fernen Universum auszuspionieren versuchte, um es in den Untergang zu treiben. Warum? Es war vorbei, der böse Spuk für immer zerstört. Unglaublich, dass sich während ihrer langen Reise durch die Unendlichkeit hier an ihrem Heimatort nichts verändert hatte. Es war alles noch genauso wie damals.

Schon erblickte sie das vertraute Haus. Sie hörte, wie Hero, der Hund des Nachbarn freudig bellte, als er sie sah. Nun gab es für sie kein Halten mehr. Sie rannte was das Zeug hielt, stolperte über den vermaledeiten Kläffer, und fiel der Länge nach in die Hecke. Was war los mit ihr? Hatte sie Pudding in den Beinen? Wie selbstverständlich lief ihr der Hund hinterher bis ins Haus.

„Es ist spät geworden, meine Perle." Mit diesen Worten wurde sie von Papa begrüßt. Unfähig zu antworten trottete sie durch den Flur. Jetzt war nicht der Zeitpunkt sich über irgendetwas zu wundern.

Mama war in der Küche. „Aber Mama, du hast einen Hund angeschafft?" Sie hielt inne. „Ist das etwa Hero, der Kläffer?"

„Unsere Nachbarn sind verreist, nun und da habe ich angeboten auf den Hund aufzupassen. Ist er nicht süß!" Gitta fiel es sichtlich schwer, nicht in schallendes Gelächter auszubrechen. Wenn sie alles geglaubt hätte, aber das nicht. Es hatte doch ständig Ärger mit dem Vieh gegeben.

„Es ist spät geworden", sagte nun auch Mama, wieder nur eine Floskel? „Papa hat gesagt, dass wir unser Familiengespräch auf morgen verschieben."

Als Gitta später in ihrem Bett lag, rasselte es in ihrem Kopf von Erinnerungsfetzen, und sie spekulierte, ob sie sich vielleicht in einer anderen Zeit befunden hatte, in einer schnelleren Zeit. Gab es so etwas? Oder war alles ganz anders, und sie hatte nur noch nicht begriffen, dass es sich bei den gefährlichen Reisen lediglich um Hirngespinste gehandelt habe.
Hatte sie womöglich alles nur geträumt?
Aber nein, das war ausgeschlossen, denn neben ihr lag ihre weiße Jacke, und die gab es bisher nicht hier in ihrem Elternhaus. Sie liebte dieses Kleidungsstück, denn sie hatte es selbst gefertigt - bei den grünen Menschen - aus der Wolle von deren Schafen.

Beim Aufwachen am nächsten Morgen warf die Februarsonne bereits schwache Strahlen an die Zimmerdecke. Gitta sprang aus dem Bett, öffnete das Fenster und schnupperte. Die Luft roch nach Schnee, aber auch ein wenig nach den Abgasen der vorbeifahrenden Autos. Ein feiner Raureif bedeckte die Hecke am Gartenzaun. Einen Moment lang hatte sie das Gefühl, gänzlich neben sich zu stehen. Was war mit ihr geschehen auf dieser sonderbaren Reise durch die Unendlichkeit? Wieviel Zeit war mittlerweile wirklich verstrichen? Eine

Nacht? Ein Jahr? Lange stand sie am Fenster, und ließ ihren Gedanken freien Lauf.

Es war Februar, doch was ist schon Zeit? Nur Einbildung? Weil alles messbar sein muss? Aber Zeit ist nicht messbar, weder durch Einkerbungen in einen Baum noch durch Sammeln von Schnürsenkel-Resten. Sie ist da. Es ist immer alles schon da. Es kommt auf die jeweilige Sichtweise an. Geht die Sicht nach oben, nach unten nach rechts oder links, oder bis weit über den Horizont hinaus?

Nach diesen tiefsinnigen Betrachtungen schüttelte sich Gitta die Strähnen aus ihrem Gesicht. Sie musste sich die Haare waschen. Sie war wieder daheim, und die Freude hierüber war stärker als das bisher Erlebte. Endlich Ruhe und Frieden, endlich keine Angst mehr haben zu müssen. Wie magisch angezogen fiel ihr Blick auf ein Bild an der Wand. Es war neu, eine getrocknete Sonnenblume auf einem Holzbrettchen.

Es war das Geschenk von Cal.

Wie kam diese Blume in ihr Zimmer???

Papa telefonierte. Sie hörte, wie er sich in bester Laune von seinem Gesprächspartner verabschiedete. „Eine gute Nachricht", verkündete er fröhlich. „Unsere Villa ist so gut wie verkauft. Der Käufer ist unterwegs - wird gleich hier sein. Das passt wie Deckel auf Topf." Vor Begeisterung klatschte er in die Hände.

„Aber wir haben doch heute unser Familiengespräch", wandte Gitta ein. „Erst am Abend." meinte Papa, und Gitta glaubte plötzlich ein leichtes Unbehagen bei ihm zu bemerken, das eigentlich nicht zu seinen eben gemachten Äußerungen passte. Daher fragte sie nach einer kurzen Pause: „War es das, was ihr mir sagen wolltet, dass Opas Villa verkauft ist?", fragte sie.

„Aber nein", antwortete er und schwieg daraufhin.

Gitta ließ nicht locker: „Hat es damit zu tun, weil ich solange weg war?" „Nein, nein!"

Papa schien zerstreut. „Da gibt es noch etwas - etwas -ganz anderes. Mach dir keine Sorgen."

Papa nahm sie fest in seine Arme.

Und wie aus dem Nichts heraus stand er plötzlich vor der Tür - der Käufer des Anwesens ihrer Großeltern.

Es war derselbe Mann, dem sie bereits gestern Abend in die Arme gelaufen war. War sie blind gewesen, oder war die Dunkelheit schuld, dass sie ihn nicht erkannt hatte, obwohl, absurder hätte es nicht sein können. Denn nun stand er leibhaftig vor ihr - Cal, ihr geliebter Cal!

Zuerst glaubte sie wahrlich einen Geist vor sich zu haben, doch Cal drückte sie fest an sich und flüsterte überaus zärtlich: „Ich liebe dich."

Wie lange hatte sie diese Worte nicht mehr gehört?

Unvermittelt sprach er weiter: „Ich war immer bei dir, so nah - doch du hast es nicht gemerkt - das konntest du auch gar nicht."

Dies war keine Täuschung.

Langsam begann sie zu begreifen. Ihr Freund war angekommen in der Realität - bei ihr.

Er hatte das Haus gekauft, in dem sie ihre Kindheit verbracht hatte, und sie würde mit ihm zusammen dahin zurückkehren, bald, sehr bald schon…

Zögernd löste sich ihre innere Anspannung und machte Platz für grenzenlose Freude.

Noch immer unfähig etwas zu erwidern, schaute sie ihm in die Augen, welche nun besonders hell leuchteten. Es waren die liebsten Augen des gesamten Universums, und sie begann zu verstehen: Die Liebe ist grenzenlos.

Sie kennt weder Zeit noch Raum.

Cal sog hörbar die Luft ein. Er atmete tief und befreit.

„Morgen werden wir damit beginnen unsere neue Wirklichkeit zu gestalten."

Und nach einer Weile:

„Morgen ist ein ganz neuer Tag, und ich werde dir sehr viel zu erzählen haben…"

Nach diesen verheißungsvollen Worten wandte Cal sich wieder der Straße zu.

***

Später am Abend hatte ihre Mama den schweren Leuchter aufgestellt und zwei Kerzen angezündet. Es war genau derselbe Leuchter, von dem Gitta geträumt hatte. So feierlich mochte es Mama eigentlich nur zu besonderen Anlässen. Papa begann das Familiengespräch in seiner ruhigen besonnenen Art, jedoch ohne lange Vorreden, so wie das früher der Fall gewesen war. Gitta hatte den Eindruck, als wolle er alles so schnell wie möglich hinter sich bringen. Warum?

Er begann ein wenig stockend: „Liebe Gitta, es fällt uns nicht leicht, aber wir müssen dir endlich etwas mitteilen."

Sogleich fiel Mama ihm ins Wort: „Bitte verzeih uns, dass du es erst jetzt erfährst. Wir hoffen so sehr, dass du uns irgendwann verstehen wirst."

Jetzt verstand Gitta gar nichts mehr.

Was war geschehen?

Und dann nach einer wortlosen Pause erklärte Mama: „Du hattest eine Schwester. Ihr wart eineiige Zwillinge."

„Wo ist sie jetzt"? Fragend ging ihr Blick zu Papa.

„Sie war nicht so stark wie du, sie hatte nicht diesen Lebenswillen. Sie hat nur einen einzigen Tag gelebt, und dann ist sie von uns gegangen - ist jetzt da oben - irgendwo in den Wolken - wer weiß das schon."

Daraufhin stand Papa auf und schaute wortlos aus dem Fenster. „Aber - aber warum habt ihr mir nie etwas gesagt?" fragte sie beinahe tonlos.

Ihre Mama griff ein: „Wir wollten nicht, dass du auch so traurig wirst, wie wir es waren - lange Zeit. Nun da du

erwachsen bist, solltest du aber endlich die Wahrheit kennen, und du wirst damit umgehen können –
so wie wir auch. Das wirst du doch, nicht wahr?"

„Ich bin nicht traurig", entgegnete Gitta, „sondern sehr, sehr glücklich." Ihre Eltern sahen sich an, und die Erleichterung von 18 Jahren brach sich Bahn und stand überdeutlich in ihren Gesichtern geschrieben.
Trotzdem wandte Mama ein:

„Sie hat doch auch dich alleine gelassen."
„Das hat sie nicht, oh nein das hat sie gewiss nicht." Gitta schüttelte energisch den Kopf.
Sie hätte jubeln können.
Und obwohl sie die Antwort bereits wusste, drängte sich ihr eine Frage auf, irgendwie musste sie diese Frage loswerden, und wie von ganz alleine kamen ihr die Worte über die Lippen:
„Wie heißt sie? Sag mir ihren Namen.
Wie heißt meine Schwester?"
„Wir haben ihr den Namen „Lea" gegeben.

***

Fortsetzung

nach fünfundzwanzig Erdenjahren

Die nächste Generation

Jan schnellte senkrecht in die Höhe. Augenblicklich war er hellwach. Er riss die Augen auf und drehte zugleich seinen Kopf zur Seite. Grünliche Leuchtzahlen flimmerten ihm entgegen, drei Mal die Vier, respektlos und überheblich. Er hasste Digitaluhren. Sie waren so leise, lautlos - leblos. Julia hatte sich jedoch durch das laute Ticken seines altehrwürdigen Weckers in ihrer Nachtruhe gestört gefühlt und - weit entfernt jeglicher Debatte - diesen kurzerhand entsorgt. Dabei war es seine Lieblingsuhr gewesen, analog, mit richtigen Zeigern, einem bernsteinfarbenen Ziffernblatt und sogar mit einem verschnörkelten Sekundenzeiger, der unermüdlich in Bewegung war. Es war die einzige Uhr, die ihm lieb und teuer war. Doch das Wichtigste war - sie tickte, und hauchte damit dem stillen Raum eine gleichbleibende Lebendigkeit ein. Freilich, er hatte nichts gesagt, weil er seine Liebste nicht verärgern wollte. Sein Blick traf die Umrisse seiner schlummernden Frau. Alles war wie immer. Julia schlief tief und fest. Ihre Lippen waren leicht geöffnet und gaben das leise Zischen von gleichmäßigen Atemzügen preis. Diese Regelmäßigkeit beruhigte ihn normalerweise, und er liebte es, heimlich ihren friedlichen Schlummer zu beobachten.

Aber, was war das? Etwas stimmte nicht. Wer oder was hatte ihn erschreckt? Ein Geräusch? Ein Einbrecher? Sicher nicht, es war nur wieder dieser Traum. Seit Wochen schreckte er mitten in der Nacht auf. Zum x-ten Mal versuchte er sich auf das Traumgeschehen zu konzentrieren, jedoch die Erinnerung daran war beim Wachwerden wie weggewischt - so wie immer. Einzig das Entsetzen saß ihm noch im Nacken, dieses kalte Grausen und diese beängstigende Ohnmacht, sich nicht von der Stelle rühren zu können. Was war los mit ihm? Er verbot es sich, drüber nachzusinnen, wusste letztendlich aus Erfahrung, dass dies in seinem Kopf nur zu den absurdesten Fiktionen führte und daher völlig sinnlos war.

Er zog die Füße unter der verschwitzten Decke hervor und warf intuitiv einen Blick auf seine Fußsohlen. Barfuß schlürfte er danach über den Flur der alten Villa in Richtung Küche und schaltete die Kaffeemaschine ein. Eigentlich war es zu früh zum Aufstehen. Er hätte locker noch zwei Stunden schlafen können, doch daran war jetzt nicht mehr zu denken. Die Angst vor einem erneuten Alptraum saß ihm wie ein Gespenst im Nacken.

„Es müsste einen Knopf zum Abschalten geben, irgendwo am Körper, vielleicht am Handgelenk", fantasierte er. „Das wäre mal sinnvoll." Und weiter spann sie diesen Faden: „Die Technik ist so weit fortgeschritten; selbst in der Raumfahrt geschehen die absonderlichsten Dinge, doch leider bleibt der eigene Körper ein unbekanntes Wesen." Während das Wasser gurgelnd durch den Filter lief, stand Julia überraschend im Türrahmen. Schon wieder fuhr er zusammen. Warum war er so schreckhaft? Als sie vor zwei Jahren geheiratet hatten war alles anders. Nichts und niemand hätte ihn aus der Balance gebracht. Manchmal kam es ihm vor, als wäre er damals ein anderer Mensch gewesen. Julia hauchte ihm einen Kuss auf die Schulter. „Guten Morgen Liebster!" Jan atmete tief durch. Er musterte sie zärtlich. Sie trug eines seiner ausrangierten Oberhemden. Mit ihrer gerade aufgestandenen Frisur sah sie hinreißend aus. Jan nahm sie in seine Arme. Dabei entspannte er sich ein wenig. Eigentlich war er ein Glückskind. Es ging ihm gut, sehr gut sogar.

„War es wieder dieser Albtraum?" Fürsorglich schaute sie ihm ins Gesicht - genauso wie Gitta, seine Mama, ihn früher angeschaut hatte, wenn er mal den Teller nicht leer gegessen hatte, oder wenn sie ihn bei einer Flunkerei erwischt hatte. Es war derselbe Blick, der durch alles hindurchsehen konnte. Besaßen alle Frauen diesen entsetzlichen Mutterinstinkt? Bei seiner Liebsten fand er dies manchmal ein wenig abtörnend, und es kostete ihn jedes Mal eine gehörige Portion Kraftanstrengung, sich das nicht anmerken zu lassen. Ohne zu antworten verließ er daher die Küche und stelzte durch die Balkontür nach draußen.

Sein weißer Atem entströmte in die winterliche Nachtluft und verlor sich in den von zartem Reif gepuderten Berberitzen. Die Nadelbäume am unteren Ende der langen Wiese warfen schwarze Schatten in den Himmel - wie Riesen. Gespenstisch im Dunkel der Nacht, doch gerade deshalb liebte er diese Bäume, und er liebte auch die denkmalgeschützte Villa auf dem großen Grundstück, und er liebte Julia. Es war kalt. Einer plötzlichen Eingebung gehorchend schritt er mit festen Schritten zurück ins Haus, griff nach seiner Kapuzenjacke und stülpte sich diese über den Kopf. Dann schnallte er den Rucksack um und schlich sich durch die Vordertür hinaus auf die stille nächtliche Straße. Wie gewohnt schweifte sein Blick noch einmal zurück zu den Fenstern des oberen Stockwerkes, wo sich seine Eltern Gitta und Cal ihr behagliches Domizil eingerichtet hatten. Dort waren die Läden noch geschlossen. Hinter der Scheibe des unteren Küchenfensters erblickte er das bezaubernde Gesicht seiner Frau. Sie lächelte ihm zu, sicher nicht nur in der Vorfreude auf die ofenfrischen Brötchen von der Tankstelle. Immerhin feierten sie morgen ihre Baumwollhochzeit.

Jan genoss die kurze Strecke durch den winterlichen Morgen bis zur Allee. Auch er freute sich auf ein gemütliches Frühstück.

„Vorsicht, die Brötchen sind noch heiß", sagte Otto der Ladenbesitzer; das sagte er jedes Mal bevor er die Backwaren in eine Papiertüte steckte. Jan verließ daraufhin den Verkaufsraum, setzte sich aus Gewohnheit draußen auf eine Bank und beobachtete ein paar frühe Kunden, welche ihre Autos an den Zapfsäulen volltankten, bevor sie sich eilig auf eine Spur zur Autobahn einordneten.

Als er sich auf den Rückweg machen wollte, hatte er das Gefühl, seine Füße wären auf dem Erdboden festgewachsen. Argwöhnisch nahm er Teile von Fasern wahr, welche sich unter und neben seinen Schuhen in die

Erde krallten - wie Wurzeln - und es gelang ihm nicht sich von der Stelle zu bewegen. Für den Bruchteil einer Sekunde war sein Traum wieder präsent. Auf einmal wusste er, Cal war schuld, sein Papa.

Cal hatte wiederholt von Wurzeln geredet, wenn er dem Buben von einer sonderbaren Reise erzählt hatte, einer Schiffsreise über ein großes Wasser zu seiner entlegenen Heimat. Doch er, der Bub, war damals zu klein gewesen, um ihn zu verstehen. Dafür hatte sich ein Hirngespinst in seinen kindlichen Kopf eingegraben, nämlich die Vorstellung, eine außergewöhnliche Gabe geerbt zu haben, die sonst niemand hätte, etwas Besonderes, eine Abnormität – ein Geheimnis! Jedoch was konnte dies sein? Nur ein Trugbild? Er hatte es in seinem jungen Leben noch nicht herausgefunden. Eigentlich war er nämlich ganz normal, ein Jedermann. Papa hatte irgendwann damit aufgehört, ihm merkwürdige Geschichten von seinen Wurzeln zu erzählen; von seiner Mama erfuhr er ohnehin nichts. Über solche Dinge sprach sie nicht. Als er älter geworden war, verweigerte auch sein Vater ihm rigoros Antworten nach seiner Herkunft - nach seinen Wurzeln. Jan wurde mit zunehmendem Alter den Verdacht nicht los, dass seine Eltern sich abgesprochen und Stillschweigen vereinbart hatten. Warum? Und mit Julia sprach *er* wiederum nicht über seltsame Dinge. Sie war eine Frohnatur, so vollkommen unbelastet. In ihrer Nähe gab es weder Zweifel noch irgendwelche Ungereimtheiten. Folglich hätte er nie und nimmer seine Frau mit abstrusen

Dingen belastet - Dinge - ja welches Rätsel steckte hinter dem Schweigen seiner Eltern? Wenn er das mal wüsste! War alles nur eine Illusion, eine Einbildung? Dagegen sprachen allerdings die schweren Träume der letzten Zeit, die er sich nicht erklären konnte. Quälten ihn diese Träume, weil er sich komische Sachen einbildete - die eigentlich völlig irrelevant waren? Utopien? Fieberhaft versuchte er dieser Frage auf den Grund zu gehen, doch allein bei dem Versuch entgleisten ihm seine Gedanken.

Hörbar sog er die frostige Luft ein. Bereits beim nächsten Ausatmen beschloss er - umgehend - in Bälde - am besten gleich heute - mit Cal, seinem Papa zu reden und ihm die drängenden Fragen zu stellen, die ihm sonst keiner beantworten konnte. Er brauchte endlich eine Antwort, denn er war erwachsen. Das mussten seine Eltern begreifen, und diesmal nahm er sich fest vor, sich nicht mit fadenscheinigen Begründungen abfertigen zu lassen. Vielleicht würden sich dann seine nächtlichen Schreckgespenster in Wohlgefallen auflösen. Cal, sein Vater musste schließlich um die besondere Befähigung wissen, falls es die denn geben würde. Diese Eigenart - was es auch sei - verbarg sich in seinen Genen.
Und Cal hatte seine Erbfaktoren möglicherweise weitergegeben - an ihn, sein Kind. Warum wurde nie darüber gesprochen? Handelte es sich um ein dunkles Geheimnis - einen Makel? Jan liebte Geheimnisse, vor allem, wenn sie mit Überraschungen verbunden waren. Seine Liebste war der

Ansicht, es gäbe viel zu wenig Geheimnisvolles. Alles und Jeder müsse heutzutage bis ins Kleinste analysiert werden, und das Staunen bliebe zu oft auf der Strecke.

Hatte sie recht?

Wo lag die Wahrheit? Gedankenvoll blickte er an sich herunter auf seine Schuhe. Mittlerweile waren sie fest mit dem Erdreich verbunden. Eigentlich sollte er nun aufstehen und nach Hause gehen. Das hörte sich furchtbar einfach an, doch weil er es aus unerklärlichen Gründen nicht schaffte sich von den Wurzeln unter den Schuhsohlen zu lösen, entschied er sich kurzerhand dafür, die alten Treter einfach komplett von den Füßen zu streifen. Also ließ er seine ausgetretenen Schuhe unter der Bank, stand auf und machte sich ohne diesen Ballast auf den Rückweg. „Mach dich auf die Socken", wie oft hatte er dies vernommen, damals, als er noch ein Kind war? Er musste in sich hinein grinsen, denn er fand diese Redewendung noch immer drollig - nur drollig? Urplötzlich fühlte er sich zurückversetzt - und leichtfüßig wie ein kleines Kind, das seine ersten Schritte unternimmt, um die Welt zu erkunden, bewegte er sich der Straße zu. Dass es nicht der vertraute Heimweg war merkte er erst - nachdem es zu spät war...

Er schaute sich um. Wo um Himmels Willen war er hingeraten? Undeutlich erkannte er in der Ferne Umrisse von - ja von was? Mauern? Monumenten? Die Neugier nahm Besitz von ihm und trieb ihn vorwärts. Ein schemenhaftes Gebilde, welches aus dem Nichts hervorgetreten war, entpuppte sich beim Näherkommen als verfallene Fabrikhalle. Der Putz zwischen den rostbraunen Außenplatten war zum größten Teil abgebröckelt. Ein solches Bauwerk hatte Jan in dieser Gegend noch nie gesehen. Daher hastete er neugierig weiter und bahnte sich einen Weg durch Geröll und Schotter.

Das Vorankommen wurde zunehmend durch immer größere Anhäufungen von allerlei Gesteinsbrocken erschwert, und so bewegte er sich ziemlich ungelenk auf dem holperigen Pfad den alten Mauern zu.

Beim Näherkommen stieg ihm ein modriger Gestank in die Nase, der ihm Übelkeit bereitete. Dazu kam ein leichtes Schwindelgefühl. Kein Wunder, stellte er fest, denn er hatte heute noch keinen Kaffee gehabt. Demzufolge war sein Kreislauf abgesackt. Er kannte dieses Gefühl. Schmerzlich fiel ihm ein, dass er die Tüte mit den frischen Backwaren auf der Sitzbank liegengelassen hatte. Ein Umkehren kam jedoch nicht in Frage - nicht jetzt - später - denn seine Anspannung stieg bei jedem weiteren Schritt. Trotz der frostigen Temperaturen fühlten sich seine Füße angenehm warm an - irgendwie seltsam ohne Schuhe. Also hielt ihn nichts von seinem Vorhaben ab, das verlassene Bauwerk zu erkunden. Doch dann, ganz unerwartet, nahm er hinter dem langgezogenen Gebäudekomplex einen baufällig wirkenden Schornstein wahr. Hünenhaft ragte dieser in den schwarzen Nachthimmel hinein. Als Jan sich diesem Monstrum von Turm näherte, entdeckte er ebenerdig eine morsche Holztür. Diese war nur angelehnt und ließ sich mühelos öffnen. Im

Inneren gab es eine Überraschung: ein moderner Fahrstuhl mit elektrischer Beleuchtung und einer automatischen Gittertür, welche einladend offenstand. Magisch wurde Jan in die enge Kabine hineingezogen. Sogleich, wie von Geisterhand, schloss sich die Tür hinter ihm, und ein leichtes Ruckeln zeigte an, dass sich der Lift in Bewegung setzte. Dann geschah lange Zeit nichts.

Jan verharrte still. Er fühlte sich wohl, vielleicht sogar ein wenig gleichmütig, denn er merkte nicht einmal, wie lange diese Fahrt nach oben andauerte. Er wartete, tat nichts, dachte nichts. Erst nachdem sich das Seitengitter zum Ausstieg hin öffnete, fühlte er wie die Lebendigkeit in seinen Körper zurückströmte. Gleichzeitig erwachte eine ungewohnte Wissbegier, und daher verließ er hastig den Innenraum des Aufzugs.

Unerwartet befand er sich auf einem Plateau inmitten einer mächtigen Bergkette mit einem Panoramarundblick, der ihm fast den Atem raubte. Nackte Felswände ragten schroff in die Höhe - schlafende Riesen - müde geworden im Wandel der Geschichte. Der milchig blaue Himmel hob sich ab von den verschiedenen Grautönen der Gebirgszüge, und diese vollkommene Harmonie der sanften Farben vermittelte ihm ein starkes Gefühl von Beständigkeit und innerem Frieden. Immer wieder stand er still und staunte - regungslos - zeitlos. Ein dickes Seil - ähnlich einem Schiffstau - welches auf einmal vor seinen Augen die Landschaft durchschnitt, holte ihn blitzartig zurück in die Gegenwart.

Beim genaueren Betrachten stellte er fest, dass dieses Seil zu einer Strickleiter zusammengekoppelt war, welche aus der undurchdringlichen Bläue über den Felsen langsam herabschwebte - direkt auf ihn zu. Am unteren Ende befand sich ein Brett zum Aufsitzen, welches mit zwei Schlingen befestigt war. Dieses erinnerte ihn an seine alte Kinderschaukel. Cal, sein Vater hatte diese zwischen dem Apfelbaum und dem zweiten Pfosten am Zaun befestigt. War dies nun Wirklichkeit oder eine Fiktion? Jan blieb keine Zeit, das Für und Wider zu analysieren, denn diese endlos wirkende Schwebe in Form einer überdimensionalen Leiter hatte bereits das Plateau erreicht. Die Botschaft war unmissverständlich, aber noch sträubte er sich. Wie sollte er sich auf dieses Wagnis einlassen, hegte er doch ernstliche Zweifel an der Echtheit der Situation, denn er konnte weder eine Halterung noch irgendeine Aufhängung der Schaukel erkennen. Das obere Ende verlor sich im Nichts. Allerdings war die Entscheidung sowieso längst gefallen, ganz von alleine und ohne sein Zutun. Unfähig, sich über die Konsequenz seiner Handlung bewusst zu werden, bewegte er sich nämlich mechanisch auf den Hängesitz zu und ließ es geschehen, dass er behutsam emporgehoben wurde.

Was für ein Feuerwerk an Emotionen! Ungeahnte Glücksmomente verbanden sich mit Furcht; Lautlosigkeit gepaart mit Gedröhne in seinen Ohren ließ keinen Raum für reale Gedanken.

Die Vorsicht gebot ihm sich festzukrallen, nichtsahnend, dass aus seien Fingerkuppen dünne Wurzeln gesprießt waren, welche sich mit den Seilen verknüpften um ein Abstürzen zu verhindern. Und die Strickleiter baumelte unaufhörlich wie das riesige Pendel einer überdimensionalen Uhr. Der Hängesitz bewegte sich höher bis weit über die grauen Felsen hinaus. Wohin würde ihn diese Reise führen? Zu seinen Wurzeln? Gab es eine Antwort auf Fragen nach seiner Herkunft, einen Lichtblick aus der Schattenwelt?

Jan, berauscht von den sich ständig wechselnden Gefühlen, die er unmöglich einzuordnen vermochte, sah. wie sich das Gelände unter seinen Füßen veränderte.

Die Umrisse verschwammen mehr und mehr, während er sich bei dem gleichmäßigen Hin und Her auf seiner Riesenschaukel immer weiter vom Erdboden entfernte. Inzwischen bewegte er sich auf ein blaues Gewässer zu - einen See, einen Ozean? Aber auch das Meer verschwand schließlich vor seinen Augen.

Eine frühe Erinnerung keimte in ihm auf. Er war noch ein Kind. Gitta, seine Mutter hatte einmal ein großes Wasser erwähnt und ein Schiff, welches sie verpasst hätte; sie wäre zu spät gekommen…

Mehr hatte er allerdings nie von ihr erfahren. Cal, sein Vater hatte damals von Wurzeln gesprochen, welche Jan in Zusammenhang mit diesem Schiff gebracht hatte. Wurzeln? Erst jetzt bemerkte er, wie sich seine Finger fest um das Seil spannten. Er erschrak, denn die dünnen Fäden waren teilweise bis zu einem halben Meter lang.

Er versuchte sich davon zu befreien, doch dies wurde ihm zum Verhängnis, denn die Verknotungen lösten sich nach und nach gänzlich auf, und ohne diese Festhalte glitt er jählings aus seiner Schaukel. Es ging sehr schnell. Die Strickleiter entschwand in unendliche Höhen, jedoch merkwürdigerweise stürzte er nicht ab.

Er befand sich irgendwo im leeren Raum, in einer Art Schwerelosigkeit, unfähig etwas zu tun, geschweige denn sich dagegen zu wehren.

Eine große Müdigkeit überfiel ihn.

Dann geschah lange Zeit nichts.

Das Erste, was er wahrzunehmen begann, war das runzelige Gesicht eines alten Mannes. Schemenhaft, wie durch einen Dunstschleier hindurch, musterten ihn ein Paar überaus wache Augen, welche irgendwie so gar nicht in dieses mit Falten übersäte Gesicht zu passen schienen. Die hellen Augen erinnerten an einen Spuk, und schon bald danach zerplatzte dieses Scheinbild wie eine Seifenblase. Fantasierte er? Oder handelte es sich um eine Geistererscheinung? Jedoch glaubte er nicht an Geister. Dessen ungeachtet fragte er sich: Wer oder was gaukelte ihm da etwas vor? Zum Glück war das Gesicht freundlich gewesen, und das beruhigte ihn, wenn auch nur ein wenig. Aber was sollte er tun, um aus seiner misslichen Lage herauszufinden? Eigentlich musste man doch immer etwas tun. Wie sollte er denn sonst je den Weg nach Hause zurückfinden? Irgendwas musste doch getan werden, denn er wollte nicht bis in alle Ewigkeiten hier im Wolkenkuckucksheim herumdümpeln. Oder sollte dies sein Schicksal sein, und er konnte sich dem nicht entgegenstellen? Aber was *war* sein Schicksal? Hatte es etwas mit dem Geheimnis zu tun, welches ihm anhaftete und vor dem sein Vater ihn vermutlich schützen wollte? War es denn möglich in sein Geschick einzugreifen und die Richtung zu verändern? Vielleicht war allein der Begriff „Schicksal" lediglich eine Selbsttäuschung, eine Entschuldigung für manches Ungemach, damit man seine Schwächen oder seine Bequemlichkeit übertünchen konnte.

Musste denn nicht Jeder für sich selbst die volle Verantwortung tragen?

Jan kam mehr und mehr ins Nachdenken.

Sein Schädel brummte weit mehr als nach einer durchzechten Nacht, doch er kam zu keinem Ergebnis - hatte keinen Plan. Verbissen versuchte er seine momentane Lage einzuschätzen und prüfte seinen Umkreis. Wiederholt sah er sich nach allen Seiten um, jedoch alles, was sich weiter als etwa einen Meter von seinem Körper weg befand, war nebulös, und es gelang ihm nicht, klare Konturen zu erkennen. Er prüfte die Beweglichkeit seiner Arme und Beine. Erstaunlicherweise ging dies ganz leicht, normal - immerhin! Ob das ein Zeichen war? Für was? Wieder triftete er in eine Fantasiewelt ab, obwohl das überhaupt nicht seine Art war. Er war ein real denkender Mann, der mit beiden Füßen auf der Erde stand - normalerweise. Diesen Gedanken vermochte er allerdings nicht weiter zu verfolgen - nicht jetzt, wo er sich ohne Schuhe vorfand, dazu mit einem verschwommenen Weltbild. Mit den Schuhen hatte er zugleich die Wurzeln von seinen Füßen abgestreift und sich so von diesen vermeintlichen Fesseln befreit.

Vielleicht war das ein Fehler gewesen, denn eigentlich bedeuteten Wurzeln doch Standfestigkeit und Schutz. Die Frage, ob er besser auf der Bank vor der Tankstelle hocken geblieben wäre, huschte indes unentwegt - leise zwar - jedoch unüberhörbar durch seinen Kopf und dies, obwohl er versuchte, alle wirren Utopien und Zweifel aus dem Gehirn abzuschütteln und zu löschen.

Vorsichtig bewegte er seine Beine, und es gelang ihm tatsächlich, sich von der Stelle zu rühren und ein paar unsichere Schritte ins Nichts zu versuchen. Unsicher und schwankend kam er voran und spürte lockeren Sandboden unter seinen Füßen, ähnlich wie das Waten durch Dünensand am Nordseestrand. Er fand, so müsse sich ein Baby bei seinen ersten Gehversuchen fühlen.

Wohin würde dieser Weg führen - wohin?

Es war klar, dass es auf diese drängende Frage keine Antwort geben konnte. Es gab weder Wegweiser noch Auskunftszentren - Info-Stände - haha. In seinem Kopf spielten sich die verrücktesten Dinge gleichzeitig ab. Allein, nur auf sich selbst angewiesen - dazu bei völliger Ahnungslosigkeit - blieb ihm nichts Anderes übrig, als weiter stoisch vor sich hin zu tapsen. Seine Schritte, die er in den Boden setzte, hallten mehrfach nach - ähnlich wie bei einem Echo. Dies allein genügte bereits, ihn vollends zu verwirren. Zusätzlich drang beim Weitergehen ein Zischen an sein Ohr, welches er überhaupt nicht einsortieren konnte. Die Zischlaute wechselten sich ab mit beklemmender Stille, aber kehrten in gleichmäßigen Abständen immer wieder zurück, wurden schrittweise lauter und hörten sich schließlich an wie das Brausen von Meereswellen. Trotz aller Bemühungen konnte er immer noch nichts Anderes erkennen als die schemenhaften Nebelgebilde um seinen Körper herum, und das steigerte seine Hilflosigkeit bis zum Äußersten.

Doch auf einmal - gänzlich unerwartet - taten sich die Umrisse einer dunklen Öffnung vor ihm auf. Ein Tor, das immerhin so breit und hoch war, dass mühelos ein Autobus durchgepasst hätte, schien sein weites Maul aufzureißen. Etwas bedrohlich zwar, aber offenbar befand er sich vor dem Eingang eines Tunnels. Noch zögerte er, jedoch seine Neugier überwog alsbald alle Bedenken und wagemutig passierte er den Eingang und trat ins Innere dieser Röhre. Er spürte sogleich, dass der Boden unter seinen Füßen jetzt fester war. Nachdem er endlich den Dunstschleier hinter sich gelassen hatte, wurde sein Blick klarer, und er konnte im Halbdunkel erkennen, dass sich im Tunnel eine gepflasterte Autostraße durch den Schacht bohrte. Jan spitzte die Ohren um irgendwelche Laute zu erhaschen, aber außer den immer noch regelmäßigen Wellenschlägen vernahm er weder Fahrgeräusche von Kraftfahrzeugen, noch den leisesten Ansatz menschlicher Stimmen. Er folgerte, dass es sich hier wahrscheinlich um eine stillgelegte Autostraße handeln musste. Soweit seine Augen reichten, war der Tunnel gänzlich leer - leer und hohl. Sollte es sich hier um eine Sackgasse handeln? Diese Frage ließ er nicht zu, verwarf sie und vermied es, weitere unnütze Gedanken daran zu verschwenden. Emotional getrieben bewegte er

sich weiter fort ins Innere der Röhre und dies obwohl seine Zweifel an dieser fragwürdigen Aktion mit jedem Schritt lauter wurden. Nur eins stand für ihn fest - glasklar:
Er befand sich auf einem Weg ins Ungewisse.
Was sollte er tun? Hatte er denn eine Wahl?
Umkehren? Wohin?

Wo um alles in der Welt würde dieser Weg hinführen? Schleichend, je weiter er sich vorwärtsbewegte, desto stärker stieg ihm ein feuchter Geruch in die Nase. Zeitgleich fiel ihm das leichte Gefälle der Straße auf, schätzungsweise um die 5 Grad. Das war nicht viel, und in seinem Optimismus - oder war es Sorglosigkeit, die er sich in mühsamer Arbeit antrainiert hatte - erwartete Jan in Bälde zweifellos wieder eine leichte Steigung. Aber dem war nicht so. Als sich nach schier endloser Zeit nichts, aber auch gar nichts veränderte, sondern es stetig weiter nach unten ging, versuchte er seine auftauchende Bangigkeit zu verdrängen, setzte sich am Straßenrand in die Hocke und war kurz danach fest eingeschlafen.

Beim Aufwachen fror er entsetzlich, und er fühlte eine eiskalte Nässe in seinem Nacken. Hatte er wieder einen Alptraum? Noch etwas schläfrig richtete er seine müden Augen nach oben. Die Decke glitzerte vor Feuchtigkeit, ebenso die Wände des Stollens. Er tastete diese mit den Händen ab. Sie fühlten sich klamm an und schmeckten nach Salz und auch ein wenig nach Fisch. Jan schauderte. Er hasste Seefisch. Sollte er sich in der Nähe eines Ozeans befinden? Dies wäre immerhin eine Erklärung für das fortwährende Rauschen.

Und wieder wanderten seine Blicke suchend nach oben. Er fragte sich - nein, er wollte nicht fragen, doch seine verworrenen Hirngespinste machten sich mal wieder selbständig - könnte es sein, dass sich über ihm...

Auch diesmal vermochte er die Vorstellung nicht weiter zu spinnen, musste allerdings spontan an den Eurotunnel unter dem Ärmelkanal denken und an die diversen Debatten mit seiner Frau. Im vergangenen Jahr wollte Julia nämlich mit dem Shuttlezug nach London fahren. Jan hatte sich erfolgreich geweigert, denn bei seiner eingebildeten Platzangst war eine Bahnfahrt unter dem Meer unvorstellbar. Schließlich und endlich hatte man sich auf eine Schiffsreise nach England mit der Fähre geeinigt, und es wurde eine sehr schöne Reise.

Jan versank in Erinnerungen.

Wiederholt beobachtete er argwöhnisch einzelne Wassertropfen, welche von Zeit zu Zeit von der Decke rieselten...

Und dann fiel ihm etwas auf, das ihn noch weit mehr beunruhigte: Vereinzelte Fasern schienen aus der Decke heraus zu wachsen. Was konnte das sein? Sie wirkten erschreckend lebendig. Waren es Wurzeln? Aber sie sahen eher aus wie schwülstige Arme - Tentakel. Hoch über ihm glitten sie an der Oberfläche entlang, und Jan kam es vor, als würden sie sich im Sekundentakt vermehren und durch kleinste Löcher hindurchzwängen. Es war nicht hell genug, um Einzelheiten zu erkennen, doch das was er sah, reichte völlig aus, ihn aufs Höchste zu beunruhigen. Was wäre, wenn diese Dinger die Decke zum Einsturz bringen würden? Würde das Wasser den Stollen überfluten? Weil er nichts dagegen machen konnte, versuchte er jenes unbekannte Gewusel zu ignorieren, indem er einfach nicht mehr nach oben schaute, sondern sich auf den Weg konzentrierte, der vor ihm lag und der immer noch konstant nach unten führte. Auf die Idee, den Rückweg anzutreten, kam er nicht, denn jeder Tunnel musste irgendwo ein Ende haben. Es gab schließlich das berühmte Licht am Ende eines Tunnels. An diesem gedachten Strohhalm versuchte er sich festzuhalten. Er raffte daher all seine Energien zusammen, verfiel zunehmend in einen Laufschritt und hoffte inständig, auf diese Weise den merkwürdigen Objekten über sich zu entkommen. Jedoch soweit er die Strecke überschauen konnte, huschten diese fleischfarbenen Arme an der Decke entlang und verbreiteten einen penetranten Gestank. Obwohl es fast so aussah als wollten die Tentakel nach ihm greifen, fühlte Jan sich in der Mitte der Straße relativ sicher, denn dort konnten sie ihn nicht erreichen - dachte er zunächst…

Weil immer noch kein Ende des Tunnels in Sicht war, beschleunigte er noch einmal sein Tempo und dies, obwohl mittlerweile seine Kraftreserven fast vollständig aufgebraucht waren.

In seinem Eifer stellte er leider zu spät fest, dass der Boden unter seinen Füßen zunehmend mit Moos bedeckt und glitschig geworden war. Nachdem er nun endlich versuchte, seine Füße wieder zurück nach oben zu bewegten, rutschte er mehrfach auf dem sumpfigen Morast aus. Als er sich letzten Endes seinen Knöchel verletzte, entschied er sich für eine moderate Gangart weiter, immer weiter der Straße entlang.

Das war sicher gut so, denn dieses Tempo hätte er auf Dauer sowieso kaum durchgehalten. Wahrscheinlich wäre ihm bei dem Gerenne der seltsame Wulst gar nicht aufgefallen, der sich mitten auf der Fahrbahn befand. Vielleicht wäre das sogar besser gewesen, denn beim näheren Betrachten entpuppte sich dieses unförmige Ding nämlich als toter Krake, ein Oktopus von mindestens einem Meter Länge. Er wusste wenig über die Lebensweise und die Verschiedenartigkeit dieser Kreaturen, außer dass sie sich angeblich in der Tiefsee aufhielten - am Meeresboden.

Ob das allerdings der Wahrheit entsprach?
Er wusste es nicht, denn es hatte ihn nie wirklich interessiert. Eigentlich kannte er Kraken nur aus der nordischen Mythologie. Laut einem Buch über Monster und Seeungeheuer, das er in seiner Jugend beinahe verschlungen hatte, gingen von diesen Weichtieren angeblich verschlüsselte Warnungen aus. Wenn er sich recht erinnerte, standen jene Kreaturen meist für Angst vor dem Unbekannten. Indes, die Ausdünstung des toten Tieres nach Fäulnis und Verwesung war real und erreichte ihn wellenartig. Sie bereitete ihm zwar keine Angst, jedoch ein zunehmendes Ekelgefühl. Deshalb bemühte er sich rasch von dem unsäglichen Ort fortzukommen. Und weiter führte ihn der Weg durch das Halbdunkel, an das sich seine Augen inzwischen etwas gewöhnt hatten. Auch seine anderen Sinne

waren geschärft, und so achtete er auf jede noch so unbedeutende Veränderung. Bald darauf machte er eine Entdeckung, die ihn erschauerte. Knochen, abgenagte Tierknochen lagen in einem versteckten Winkel und beim Weitergehen - ein Gerippe - ein kauerndes menschliches Skelett. Jan öffnete den Mund zu einem Schrei. Jedoch, kein einziger Ton konnte ihm entweichen. Stattdessen schritt er unentwegt voran, stumpf, halb benommen, ohne erkennbares Ziel, einfach immer weiter geradeaus…

In der Tat fühlte er sich wie betäubt. Er führte dies auf die Tatsache zurück, dass ihn das Atmen in der sauerstoffarmen Luft so sehr anstrengte. Vielleicht war es aber nur der natürliche Schutzmechanismus, der dann einsetzt, wenn die Lage aussichtslos erscheint und durch den er sich beruhigt fühlen sollte. Doch plötzlich, wie durch Zauberei, erblickte er in der Ferne das lang ersehnte Licht, das berühmte Licht am Ende des Tunnels? Wow! Im gleichen Moment war er hellwach. Die Lichtquelle strahlte silberweiß, und das seltsamste, sie kam näher, bewegte sich in Windeseile auf ihn zu, und dann konnte er erkennen, dass es sich um Scheinwerfer eines Fahrzeuges handelte. Das erste was er in seiner spontan entflammten Euphorie verspürte: Hurra, ich bin nicht alleine hier in der Dunkelheit! Geistesgegenwärtig fuchtelte er mit beiden Händen, um auf sich aufmerksam zu machen. Dabei brüllte er aus Leibeskräften, und das Echo hallte von den Wänden des Tunnels zurück. Doch dann, stark geblendet, konnte er gerade noch rechtzeitig zur Seite springen, denn das Auto fuhr mit voller Geschwindigkeit auf ihn zu - knapp an ihm vorbei - und schon war es wieder weg, noch ehe er registrieren konnte, was sich gerade vor seinen Augen abgespielt hatte. Ein Geisterfahrzeug? Das soeben Geschehene fand er zu absurd, um es auch nur ansatzweise verarbeiten zu können. Daher speicherte er es einstweilig in seinem Gehirnkasten ab und zwar in der Abteilung für Halluzinationen.

Ordnung musste sein.

Nun war wieder alles wie zuerst. Er war immer noch allein. Festen Fußes bahnte er sich seinen weiteren Weg über das glitschige Trottoir. Die schwache Hoffnung irgendwann menschlichen Wesen zu begegnen, hatte sich in einer versteckten Ecke seines Kopfes eingenistet und dies trotz verständlicher Skepsis an der Echtheit des eben Erlebten. Aus Sicherheitsgründen hielt er sich von jetzt an nur noch auf dem Seitenstreifen auf - fernab der Straßenmitte. Leider waren es alles andere als menschliche Individuen, mit denen er eine weitere Bekanntschaft machen musste…

Da Jan kontinuierlich dicht an den Seitenwänden vorbei strauchelte, dauerte es nicht allzu lange, bis er das erste Exemplar zu Gesicht bekam. Zuerst war es nur ein bläulich geringelter Arm, der sich durch das brüchige Mauerwerk zwängte. Doch dann - wie durch Hexenwerk - bohrten sich immer mehr Arme durch das Gestein. Jan war entsetzt, denn ihm fiel ein, dass diese Biester in jedem ihrer schwülstigen Arme ein Gehirn haben. Seinem ersten Impuls folgend wollte er davonrennen, jedoch wegsehen - das gelang ihm nicht. Wie versteinert starrte er die Mauer an. Als bald darauf ein Weichtier von fast zwei Metern herausgekrochen kam, ergriff ihn die ganze Bannbreite einer Panik, und er hastete davon.

Doch je weiter er sich entfernte, desto mehr undichte Stellen entdeckte er in dem spröden Gemäuer, aus dem nicht nur der Sand aus Jahrhunderten herausrieselte, sondern auch Rinnsale, die auf dem Boden ihre Pfützen hinterließen.

Die Bestien kamen mittlerweile von oben und von unten, aus allen Löchern, wohin er seine Blicke auch wendete. Sie bedeckten nicht nur die Wände mit ihren schwammigen Körpern, sondern saugten sich vermehrt auf der Fahrbahndecke fest. Jan fragte sich, wieso ihm das bisher nicht aufgefallen war. Er kam sich erbärmlich unwissend vor, wusste rein gar nichts über solche Kreaturen und ihre mögliche Gefährlichkeit. Vielleicht waren sie harmlos - oder aber, sie griffen Menschen an - um sie womöglich zu verspeisen. Er wusste nicht mit wem oder mit was er es konkret zu tun hatte und steigerte sich in negative Betrachtungen, die er nicht abstellen konnte. Er hatte das Gefühl, nicht mehr Herr seiner selbst zu sein. Vor allem die Unkenntnis bereitete ihm innere Qualen, und er richtete den Groll zunehmend gegen sich selbst. Doch, was nützte das? Wie sollte er sich verhalten? Ängstlich wich er dem glitschigen Gemenge aus, so gut es eben ging. Das Bild von dem menschlichen Gerippe in einer Ecke des Tunnels hatte er verdrängt noch bevor seine monströsen Gedankenflüge Gestalt annehmen konnten. Nein, nein daran wollte er sich nun wirklich nicht mehr erinnern müssen. Sämtliche unsinnigen Lasten musste er abwerfen, um wieder frei zu sein – und heim zu kommen. Doch trotz Bemühungen gelang es ihm nicht, die Angst auszuschalten. Er hatte nur

noch einen Wunsch, heraus aus dieser Röhre, aus dem entsetzlichen Schacht um wieder frische Luft zu atmen.
Was bedeutete schon dieses unselige Geheimnis über seine Abstammung gegenüber dem Schicksal, hier von aller Welt vergessen zu sein und elendig zugrunde gehen zu müssen. Nichts! Es war unwichtig geworden, und er wollte nie wieder an dem Rätsel seiner Geburt rütteln. War es nicht viel besser, jedem Geheimnis seinen Zauber zu lassen und es ein Geheimnis bleiben zu lassen?
Nach diesen tiefsinnigen Betrachtungen versuchte er sich in einen Halbschlaf hinein zu dämmern.

Doch dann geschah es erneut. Wie ein Blitz drang der Pegel eines Scheinwerfers zu ihm vor und riss ihn unbarmherzig aus seinem künstlichen Paradiesgarten, in dem es keinen Platz für Ängste gab. Das Gefährt kam näher. Es war alles genauso wie beim ersten Mal. Trotz der vernichtenden Prognose von zuvor keimte wieder neue Hoffnung auf, und diese Hoffnung wischte in Sekundenschnelle seine Zweifel weg. Er war sicher, diesmal würde er alles richtigmachen.
Er musste nicht lange auf das Fahrzeug warten. Mit hoher Geschwindigkeit kam der Wagen angebraust. Jan erkannte ihn sofort wieder; es war das gleiche Auto. Wie elektrisiert sprang er an den Fahrbahnrand und winkte heftig mit seiner Kapuzenjacke, weil er glaubte, damit nicht übersehen zu werden.
Er tobte dabei wie irre und rief lauthals um Hilfe; das Auto rollte jedoch in rasantem Tempo an ihm vorüber, und dann
- war auch dieser Spuk vorbei.

Das ging nicht mit rechten Dingen zu. Nicht nur seine Zweifel an der Existenz dieses Fahrzeuges kochten hoch, schlimmer noch, seine Selbstzweifel türmten sich auf zu gigantischen Ausmaßen und vernichteten die Sicherheit und Geborgenheit seiner vergangenen Jugendjahre. Spielte ihm ausschließlich sein eigener Kopf diesen bösen Streich? Befand er sich womöglich gar nicht mehr auf der Erde, sondern in einer Art Zwischenwelt?

War alles nur ein Trugbild?

Schutzlos und unsicher bahnte er sich einen Weg durch Schlamm und Morast, mechanisch immer einen Fuß vor den anderen setzend - immer in die gleiche Richtung trotz der neuerlichen Plagen, denn die Kraken waren zahlreicher geworden. Ebenso war es nicht zu übersehen, dass die neuen Exemplare zu der doppelten Größe angeschwollen waren. Mit ihren riesigen Armen und den glitschigen Körpern wirkten sie äußerst abstoßend. Bedrohlich wurde die Lage für ihn aber erst angesichts ihrer aggressiven Angriffe auf seine Füße. Und dann begann der Erste, sich mit dem Schnabel in sein Bein festzubeißen. Wie auf Kommando kamen nun auch die anderen aus sämtlichen Löchern auf ihn zu und versuchten ihn mit ihren kraftstrotzenden Körpern zu zerquetschen. Ein Widerstand schien aussichtslos, doch plötzlich hallte das vertraute Geräusch an sein Ohr. Es war wie eine Erlösung. Diesmal kam das Geisterfahrzeug - oder was es auch immer sein mochte - aus der entgegengesetzten Richtung.

Jan lag wehrlos Boden, denn die aufgeschreckten Bestien ließen nicht los von ihm. Schwach und ausgelaugt musste er es geschehen lassen, dass der Wagen auf ihn losbrauste.

Intuitiv konnte er sich gerade noch ein wenig zur Seite drehen. Dabei hakte er sich offenbar an einer schadhaften Stelle im Unterboden des Fahrzeuges fest und wurde so ein Stück weit mitgeschleift. Schließlich hielt er ein abgebrochenes Eisenteil in den Händen; das Auto fuhr daraufhin ohne dieses Teil weiter - über ihn hinweg. Das Motorengeräusch wurde leiser und war bald darauf nicht mehr zu hören.

Es war so still wie in einer menschenleeren Kirche.

War er jetzt tot?

Möglicherweise, und dennoch versuchte er den Kopf zu heben. Sogleich fuhr ihm ein Schmerz wie von tausend Nadeln durch seinen zerschundenen Körper, und er registrierte, dass er noch am Leben war. Er schaute sich um, und wie durch ein Wunder bekam er kurz darauf das oft zitierte Licht vom Ende des Tunnels zu sehen. Das Tageslicht - Tageslicht - war gepaart mit einem rhythmischen Gebrause von Meereswellen.

Es war wie Magie.

Jan robbte sich weiter in Richtung Ausgang, doch das Bild, das sich ihm am Ende dieses Tunnels bot, ließ das Blut in seinen Adern gefrieren. Der gemauerte Rundbogen des düsteren Stollens wurde nämlich von einer fauchenden Kreatur versperrt, die ihn angriffslustig musterte. Ein Ungeheuer von über fünf Metern war es, welches wie ein Wachsoldat fast die gesamte Öffnung des Tunnels ausfüllte.

Ein Monsterkrake!

Die dargebotene Szene war derart unwirklich, dass es Jan immens schwer fiel das zu glauben, was er leibhaftig vor sich sah. Regungslos, mit weit aufgerissenen Augen starrte er dieser Höhlenerscheinung entgegen. Erst als das Tier auf ihn zu schwappte, erkannte er die Gefahr. Spontan wich er zurück. Jedoch wohin?

Er wollte schreien, doch die Panik schnürte ihm die Kehle zu. Sogleich wurde ihm bewusst, dass er in seinem geschwächten Zustand den Rückweg durch den düsteren Schacht unmöglich überleben würde. Demzufolge hatte er nichts mehr zu verlieren. Als er dies klar erkannt hatte, glitt seine Furcht wie eine zweite Haut von ihm ab und machte Platz für neue ungeahnte Kräfte. Jetzt war er bereit zum Kampf und bewegte sich forschen Schrittes auf die Bestie zu. Doch diese griff ihn augenblicklich an und biss sich an seinen Beinen fest um ihn zu Fall zu bringen. Gleichzeitig versuchte sie, sich mit ihrem gewichtigen Körper auf ihn zu werfen, um ihn womöglich zu zerquetschen. Das durfte er nicht zulassen. Die abgebrochene Eisenstange aus dem Fahrzeug hielt er immer noch in den Händen, und mit dieser Waffe schlug er mehrmals auf den Kopf des wabbeligen Getiers ein - immer wieder - solange, bis es bewegungslos liegen blieb.

In großer Eile bahnte er sich nun einen Weg nach draußen - ins Licht - und dies, ohne sich noch einmal umzudrehen.

Geblendet von der Helligkeit des Tages hielt er sich automatisch die Hand vor seine Augen. Erst nach einer ganzen Weile konnte er die Weite der Landschaft, die im grellen Sonnenschein vor ihm lag, erfassen. Eine gepflasterte Straße führte ihn zuerst über eine Seebrücke, welche sich bis zur Küste spannte. „Also doch" ging es ihm durch den Sinn. Der brachgelegte Tunnel verlief tatsächlich unter einem Ozean. Er hatte sich also nicht getäuscht und das Rauschen der Wellen am Anfang richtig gedeutet. Die Kraken hatten sich offenbar vom Meeresboden durch die baufällige Decke in den Stollen hineingezwängt. Sie konnten sich ungestört vermehren und sind wohl im Laufe einer langen Ära zu dieser enormen Größe anwachsen.

Er zitterte, wohl eher aus Schwäche als vor Kälte, denn es war angenehm warm. Eine Gänsehaut nach der anderen lief ihm über den Rücken, und er schüttelte sich, als wolle er zentnerschweren Ballast von seinen Schultern abstreifen. Das Meeresufer befand sich in Sichtweite. In den saftigen Wiesen, die sich bis zum Horizont ausdehnten, konnte er sogar eine Herde von Schafen erkennen, die faul in der Sonne dösten. Er beschloss im gleichen Moment sich nur noch vorwärts zu bewegen, und begab sich festen Fußes auf die Brücke und dies trotz seines schmerzenden Körpers.

Ein alter Mann stand ruhig neben dem letzten Brückenpfeiler. Er trug einen Schlapphut auf dem Kopf, ein buntes Hemd und einen Tornister über der Schulter. Ein korallenroter Schal war lose um seinen Hals gewickelt. Der Mann winkte ihm freundlich zu, gerade so, als hätte er seit Ewigkeiten hier auf ihn gewartet. Beim Näherkommen hatte Jan das sichere Gefühl, dieses faltenreiche Gesicht schon einmal gesehen zu haben, jedoch war er nicht in der Lage, diese Idee weiter zu verfolgen. Zu sehr war er noch mit den quälenden Vorfällen beschäftigt, die in jüngster Zeit über ihn hereingebrochen waren.

„Brücken verbinden", mit diesen Worten wurde er von dem alten Mann begrüßt. Eine menschliche Stimme - wow! Von unergründlichen Gefühlen überrumpelt wurden seine Augen wässerig. Für den Fremden wirkte das offenbar erheiternd, so sehr, dass dieser in kindlich anmaßendes Gekicher ausbrach.

Schlagartig fiel es Jan wie Schuppen von den Augen, und er konnte sich erinnern. Es war unverkennbar dasselbe Gesicht voller Runzeln und Furchen, welches er durch einen Dunstschleier wahrgenommen hatte, *bevor* er den Tunnel betrat. Es gab keine Zweifel. Er hatte das Nebelgebilde damals für eine Fiktion gehalten. Wie lange war das her? Sein Zeitgefühl war ihm abhandengekommen, doch diese Tatsache tangierte ihn merkwürdigerweise überhaupt nicht. Das hier war Realität.

Fasziniert blickte er dem Alten ins Gesicht. Jan hatte noch nie in derart ausdrucksstarke Gesichtszüge geblickt, in denen jede einzelne Falte von einem Stück Leben erzählte. Es war die harmonischste und zufriedenste Miene, die er kannte und die nur noch gekrönt wurde durch ein helles Augenpaar, welches ihn lebhaft musterte.

Trotzdem, oder vielleicht gerade deshalb fürchtete er sich vor dem Fremden.

Warum? Weil dieser so anders war, als …als er selbst?

Was ging hier vor?

Der Greis nahm ihn bei der Hand; es war eine kraftvolle Hand, deren Energie wie durch Zauberei auf ihn übersprang.

„Ich bin dein Großvater", sagte dieser leise. Diese wenigen Worte lösten bei Jan ein unbeschreiblich wohliges Gefühl von Leichtigkeit aus, und in dem Moment hegte er nicht den geringsten Zweifel an dieser Aussage. Seine Ängste verflüchtigten sich augenblicklich und schafften unbegrenzten Platz für Mut und Vertrauen.

„Fürchtest du dich immer noch?" fragte der alte Mann, und seine Stimme hörte sich unsagbar sorgenvoll an. Jan horchte auf. Es war nicht die Frage, die sein innerstes Mark erschütterte, sondern der Klang dieser Stimme, die bis an den Rand seiner Seele kroch. Was wusste dieser Mensch aus einer anderen Welt von ihm und den Mühen der letzten Zeit? Und als könne der Mann seine Gedanken lesen, sprach er weiter: „Ich heiße Ugur, doch du kannst mich gerne Großvater nennen." Er lächelte und fuhr fort: „Aus „UU" haben wir uns für diesen Namen entschieden, nachdem die ganze Ortschaft der „Eiua*s" mittlerweile deutsch spricht. Das haben wir von Gitta gelernt, aber noch so viel mehr. Ohne sie würde es unser Volk nicht mehr geben." Er atmete tief: „Wir alle sind ihr sehr dankbar.

Ja, ja, es war eine sonderbare Reise."

Daraufhin drehte er sich wortlos um und lenkte seine Schritte von der Brücke herunter. „Brücken sind Symbole für Verständigung und Frieden, aber auch Orte der Sehnsucht und Fantasie", sagte er im Weitergehen. Er schien vollkommen in seiner Gedankenwelt versunken und ließ Jan an seinen Betrachtungen teilhaben. „Ich hatte große Sorgen um dich, da ich nur zu gut weiß, was sich dort in der Tiefsee eingenistet hat. Es ist das Böse, das es immer geben wird. Doch wir sind dazu da, dies zu bezwingen, denn das Gute ist stärker. Angst ist immer ein schlechter Ratgeber. Als unsere Leute zum ersten Mal das zerstörerische Werk der Kraken bemerkt hatten, war es bereits zu spät. Ihre Wurzeln hatten sich bis tief durch den Meeresboden hindurch gefressen. Dort breiteten sie sich in rasantem Tempo aus. Manchmal kamen sie auch bis an die Wasseroberfläche und zogen sogar Schiffe mit sich hinunter. Es soll Küstenfahrer gegeben haben, die Seeungeheuer mit acht Armen und drei Herzen gesehen haben. Die Seeleute sprachen von verschlüsselten Warnhinweisen. Niemand hat dies so recht verstanden, aber der Tunnel, die Verbindung zu einem Nachbarland, wurde daraufhin stillgelegt.

Seit dieser Zeit soll ein Dämon dort sein Unwesen treiben. Allein diese Vermutung steigerte bei meinem Volk die Furcht vor dem Unbekannten, vor etwas Mystischem." Jan öffnete seinen Mund um etwas zu erwidern, klappte ihn sogleich wieder zu, denn der alte Mann sprach ohne Pause weiter, beinahe wie zu sich selbst: „Richtig gefährlich ist der blaugeringelte Krake. Dieses Weichtier gibt beim Biss ein schnellwirkendes Nervengift ab - Tetrodotoxin. Stumm hörte Jan dieser wohltönenden Stimme zu, ohne jedoch auf den Sinn der beklemmenden Worte zu achten. Es kam ihm weder auf die Darlegung einer Sachlage noch auf den Inhalt der Redewendungen an. Es war einzig der Tonfall, der obwohl fremdartig, ihn dabei so überaus vertraut anmutete. Die sonore Klangfarbe ging ihm unter die Haut, und es schien, als hätte er ein Leben lang nur darauf gewartet, dieser Stimme zu lauschen. Währenddessen beobachtete ihn der alte Mann beharrlich.

Obwohl er längst dahintergekommen war, dass Jan ihm gar nicht recht zuhörte, führte er seine Gedankenketten weiter aus. "Was die Erforschung der Kraken betrifft, sind wir im Laufe der Zeit Meister geworden, und wir wissen heuer, dass man sich nur schützen kann, indem man ihren Mantelsack, das ist der Kopf, fest auf den Boden aufschlägt. Das hört sich zwar furchtbar barbarisch an, aber es ist die einzige Möglichkeit, sich von diesen Kreaturen zu befreien. Zum Glück vermehren sie sich nur ein einziges Mal, und daher hegen wir die Hoffnung, sie irgendwann ganz auszurotten. Es gibt noch viel zu tun." Nach diesem Monolog drückte er seinen Enkelsohn und zog ihn liebevoll an seine Brust. Das warmherzige Lächeln über das mit Furchen übersäte Gesicht zog sich dabei von seiner Stirne bis zu den Fußspitzen.

Jan hüpfte leichtfüßig neben seinem Großvater her. Die Beiden ließen rasch die Brücke hinter sich, und zogen über die Weite des sich anschließenden Gestades. Ausgelassen scherzte der Alte: „Hast du bemerkt, dass du hier nur noch die Hälfte wie auf Mutter Erde wiegst, bist aber nicht dünner geworden, gell." Und als Jan nicht gleich antwortete, sondern ihn nur skeptisch beäugte, fuhr er fort: „Es hat mit der Gravitationskraft zu tun." Und übergangslos: „Ach, was erzähl ich dir da alles. Es ist einfach die helle Freude dich hier zu sehen. Außerdem habe ich jetzt die Gewissheit, dass eine wunderbare Gabe in deiner Welt weiter existieren wird - auch wenn ich nicht mehr bin. Ich bin nämlich schon sehr alt, musst du wissen, älter als du dir vielleicht vorstellen kannst. Weißt du, ohne diese Gewissheit konnte ich bisher nicht gehen." Er holte tief Atem und sprach leise weiter - wie zu sich selbst: „Nun ist endlich Ruhe eingekehrt in mein altes Herz."

Nach dieser Aussage lachte der Greis, der sich Ugur nannte, laut und befreit auf, und Jan stellte fest, dass der alte Mann ziemlich oft und gerne lachte.

Obwohl hierüber leidlich erstaunt - denn er fand dies irgendwie befremdlich und ungewohnt - konnte Jan nicht anders, er ließ sich anstecken von dieser übersprudelnden Lebensfreude. Ohne einen weiteren Gedanken zu verschwenden stimmte er in die unbefangene Heiterkeit mit ein. Vergessen war die missliche Lage in dem feuchten Stollen, ja selbst die Erinnerungen an seine Frau Julia und an seine Eltern - Gitta und Cal - traten an diesem Tag ein wenig in den Hintergrund.

Dagegen brodelte eine Vermutung in seinem Kopf, seitdem er ihn zum ersten Mal begegnet war, und die Frage lag ihm

auf der Zunge: „Wusstest du eigentlich, dass ich kommen werde?" Doch als sein Großvater nicht gleich antwortete, stieg seine Anspannung, und er beschloss, deutlicher zu werden. Also bohrte er weiter: „Hattest du mich erwartet, dort an dem Brückenpfeiler?" Die Ungeduld stand Jan im Gesicht geschrieben, und er zappelte von einem Bein aufs andere. Sein Großvater räusperte sich, und begann ernsthaft, fast feierlich: „Ich habe mir immer gewünscht dich kennenzulernen, und ich glaube fest daran, dass Wünsche in Erfüllung gehen können."
Eine Weile gingen sie still nebeneinander her, jeder in seine eigene Gedankenwelt versunken.

„Als Gitta uns verlassen hatte…", begann Ugur, doch er verbesserte sich gleich, „nein, nein das stimmt so nicht. Niemals hätte sie Cal verlassen. Sie befand sich auf einer ebenso sonderbaren, wie gefährlichen Reise. Dass sie diese unbeschadet überstanden hatte, war ein großes Mysterium. Da müssen ganz besondere Mächte am Werk gewesen sein." Er überlegte kurz und sprach gedankenverloren weiter: „Sie hatte einmal angedeutet, eine weiße Wolke hätte sie beschützt und ihr aus den schlimmsten Strapazen herausgeholfen. Ich weiß nicht, ob das stimmt, aber möglich ist alles. Vielleicht war es die Liebe zu Cal, die sie gerettet hatte. Die Liebe ist doch das Größte. Jedenfalls, das Schiff fuhr pünktlich ab ohne deine Mama an Bord. Wir, das Volk der Eiua's haben also den Weg über den Ozean zurückgelegt. Gitta war nicht mehr bei uns, und das war sehr traurig. Es hat lange gedauert bis wir unseren jetzigen Heimathafen erreicht hatten - sehr lange!" Und wieder schwieg der Alte, und man schritt eine Weile still nebeneinander her.

„Jetzt sind wir gleich zuhause", freute sich der Greis. Zuhause? Wessen Zuhause? Für Jan warf dies eine bedeutsame Frage auf. Wohin würde ihn sein Großvater führen? Zu wessen Wurzeln?

Das Rauschen der Brandung wurde leiser, und die Landschaft um sie herum veränderte sich. Die Ebene ging in eine hügelige Graslandschaft über. Jan hörte das Blöken einiger Schafe von einer fernen Bergwiese. Auch vernahm er Vogelgezwitscher - eigentlich genauso wie daheim.

Wie von weit her drang die Stimme des alten Mannes an sein Ohr. Dieser fuhr in seiner Erzählung fort: „Mit den Schafen verhält es sich so: Die grünen Leute haben uns damals einige Lämmer geschenkt. Wir haben sie gerne übernommen und mit aufs Schiff geladen." Bevor er weitersprach warf er einen Seitenblick auf Jan, um dessen Augen herum es mittlerweile verdächtig blitzte. Es war deutlich zu erkennen, sein Enkelsohn glaubte ihm kein Wort. Ugur konnte natürlich nicht erwarten, dass… Hatte er einen Fehler gemacht? Jetzt schon so ganz ohne Vorbereitung die Begegnung mit den Grünlingen, wie er diese Leute scherzhaft zu nennen pflegte, zu erwähnen, war zumindest verfrüht.

Er merkte es zu spät, denn nun kam er nicht mehr besonders glaubwürdig daher. Geduld war allerdings noch nie seine Stärke gewesen, und daran hatte sich auch in seinem hohen Alter nichts geändert. Er schaute Jan an und musste feststellen, dass dieser nicht die leiseste Ahnung von dem hatte, welche Hürden seine Mama überwinden musste. Aber warum hatten seine Eltern ihm nichts davon berichtet? Welche Gründe mochten sie dazu bewogen haben? Wahrscheinlich wollten sie ihr Kind schützen. Das wollen schließlich alle Eltern. Aber vor *was* schützen? Vor der Wahrheit? Auch er hatte in seinen jungen Jahren danach gestrebt, seinen Sohn Cal vor allem Bösen zu bewahren. Doch irgendwann ging Cal seinen eigenen Weg, und obwohl es ihm damals beinahe das Herz gebrochen hatte, ließ er ihn ziehen. Er hatte in seinem langen Leben gelernt, dass an der Wahrheit nun mal kein Weg vorbeiging. Jetzt lag es an ihm, seinen direkten Nachkommen über die Geschichte der Eiua's zu informieren, bevor er selbst für immer diesen Planeten würde verlassen müssen.

Seine Zeit war gekommen - die Zeit des Abschieds - aber zuvor hatte er noch eine Mission zu erfüllen. Darauf hatte er sein halbes Leben lang warten müssen, doch nun würde er sich dieser Aufgabe stellen können und seinem Enkelsohn diese bedeutende Nachricht an seine Eltern mitgeben.

Die Beiden wanderten unverdrossen weiter. Obwohl es Jan vorkam, als wären sie bereits seit Ewigkeiten unterwegs, schien dieser Tag nicht enden zu wollen. Es war immer noch taghell. Würde es in dieser Welt nie dunkel werden, fragte er sich, doch dieser Gedankenanflug verbarg sich rasch als Randerscheinung in den Wirren hinter seiner Stirn. Mittlerweile waren sie am Fuße eines Höhenzuges angekommen. Ugur drängte zum Aufstieg, doch Jan grollte und jammerte; ihn schmerzten sämtliche Stellen an seinem zerschundenen Körper. Nach der ersten Steigung eilte er jedoch seinem Großvater so weit voraus, bis er diesen nur noch als zwergenhaftes Individuum weiter unten am Berg zu sehen bekam. War Ugur wirklich so winzig?

Nichtsdestotrotz bewegte sich der alte Mann kraftvoll und gleichmäßig. Er rief laut zu ihm herauf: „Einen Berg besteigt man am besten Schritt für Schritt!"

„Aber was macht man, wenn der Berg während des Aufstiegs ständig aufgeschüttet wird", schallte die mutwillige Antwort von oben. Und lachend gab Ugur die Anweisung, er solle keinen Unsinn daherreden, sondern sich einfach nur vorwärtsbewegen -kontinuierlich - immer in die richtige Richtung.

Nach einer gewissen Zeit näherten sich die Zwei wieder einander an und erreichten fast zeitgleich den Gipfel. Dort hielten sie inne und lauschten dem regelmäßigen Wellenschlag, welcher von dort oben noch gut zu hören war.

Zuerst blieb es bei dem gleichmäßigen Rauschen, welches sie aus Richtung der Küste vernahmen, jedoch breitete sich dieses Geräusch bald zu einem drohenden Getöse aus. Kam ein Sturm auf? Jan starrte nach unten und traute seinen Augen kaum. Eine riesige Welle rauschte heran und bewegte sich schäumend und tobend auf den Berg zu. Eine Monsterwelle! Wie von Geisterhand hatte sich diese aufgebaut. Es geschah unheimlich schnell, und ehe Jan begriff, was hier vor seinen Augen vorging, hatten die Wassermassen bereits den halben Berg verschluckt - um sich daraufhin zögerlich wieder zurückzuziehen. Jans Lippen waren spröde - wie ausgetrocknet. Er war aufs höchste erschüttert, jedoch der Alte stand mit stetem Blick auf das langsam abziehende Wasser ruhig, beinahe andächtig da, und atmete schließlich wie erlöst auf. „Endlich ist der Tunnel zusammengebrochen", sagte er, „denn dort unten", dabei zeigte er mit dem Finger zu der Brücke, und seine Stimme ging in einen Flüsterton über: „gab es einen Dämon. Manche wollen ihn sogar gesehen haben - ein schauriges Wesen auf vier Rädern. Nun endlich ist das Labyrinth der Kraken zerstört und der Fluch gebrochen. Es war ein Segen, dass du es rechtzeitig bis zu uns geschafft hast. Das ist sehr gut."

Jan hingegen sah die Sache gänzlich anders, denn sein Weg zurück nach Hause war versperrt.

Ugurs Blicke schweiften weit über das bergige Land auf der anderen Seite des Ozeans. Unvermittelt wechselte er das Thema. „Ich war Bootsmann und damals mit dem Kanu unterwegs als ich deine Mama gefunden hatte. Gitta war noch so jung - trieb verletzt im Fluss - mehr tot als lebendig - hatte sich durch die Stromschnellen durchgeschlagen. Ein langer Weg lag hinter ihr - ein sonderbarer Weg - eigentlich nicht zu schaffen. Sie musste mit bösen Mächten kämpfen, viele Gefahren überstehen. Es grenzte an ein Wunder, aber es ist ihr gelungen bis zu uns durchzudringen.

Woher hatte sie diese erstaunliche Fähigkeit?" Er seufzte. „Beinahe wäre damals unsere ganze Siedlung vernichtet worden, aber das konnte sie verhindern. Sie besaß eine ganz seltene Gabe? Bisher waren wir die einzigen Wesen im gesamten Universum mit diesem besonderen Talent. Wie konnte es sein, dass sich diese speziellen Erbfaktoren bis auf den Planeten Erde ausgebreitet hatten? Diese Frage ließ mir keine Ruhe, und ich habe lange darüber nachgeforscht, bis ich zu dem Schluss gekommen bin, dass es bei den Eiua's in ferner Vergangenheit schon einmal Kreaturen gegeben haben muss, welche die Erde erreicht hatten. Wann das gewesen war, das wissen die Götter. Nur so ist es zu erklären, dass ein Erdenmensch wie deine Mama von dort einmal zurück zu den Ursprüngen gelangen konnte. Die ursächlichen Gene kommen nicht abhanden. Im Gegenteil; sie werden im Laufe der Evolution weitergegeben, denn nichts geht je verloren. Du bist einer der wenigen, die diese Besonderheit in ihrer Erbmasse bergen."

Jan hing wie gebannt an den Lippen des Alten, dessen Monolog er häufig durch Pausen unterbrach.

„Aber um *was* handelt es sich?", fragte Jan.

„Das ist ein Geheimnis. Ja, ja, deine Vermutung ist richtig. Es hat etwas mit der Zeit zu tun." Und mit einem Blick auf die zweifelnde Miene seines Zuhörers:

„Aber nein, die Zeit zurückdrehen, das können wir nicht. Nein, nein, wir können auch nicht in die Zukunft sehen."

Er schmunzelte.

„Zeitmaschinen gibt es nicht - auch nicht bei uns."

Und dann fuhr er fort: „Ein wenig wirst du dich noch in Geduld üben müssen. Das schadet nicht; Geduld ist wichtig; die muss man lernen."

Nach einer weiteren Pause verkündete er beinahe würdevoll:

„Du wirst es erfahren zur rechten Zeit.

Dies ist meine Botschaft: Berichte meinem Sohn Cal, dass die Eiua's glücklich in ihrer neuen Heimat angekommen sind. Sage ihm, dass es uns gut geht."

Der skeptische Gesichtsausdruck von Jan veranlasste ihn dann doch noch zu einer weiteren Bemerkung: „Deine Eltern werden dir alle Fragen beantworten, denn - dafür sind Eltern schließlich da."

Jan, der stets auf Ordnung getrimmt war, musste diese Aussagen erst einmal einsortieren. Innerlich zerrissen, hegte er verständliche Zweifel an den Worten des alten Mannes. Viel wichtiger war für ihn: Wie sollte er je wieder nach Hause finden? Diese Frage drängte sich ihm auf und sprudelte über seine Lippen. Dabei wurde er das Gefühl nicht los, dass Ugur für seine Ängste nur ein mildes Lächeln übrighatte. Er schien ihn nicht ernst zu nehmen. Warum? Weil er noch so jung war und die Weisheit des Alters noch nicht erreicht hatte? Oder…

Der Gedankensturm in seinem Kopf konnte verworrener nicht sein, dabei nahm er jetzt erst richtig Fahrt auf.

„Ob sie mir glauben werden?"

„Oh, das werden sie", brach Ugur in seine Betrachtungen ein, „sie werden wissen, dass du die Wahrheit sprichst."

Wie durch Magie beendete der Alte mit dieser einfachen Aussage seine Ängste, und das Einzige was ihn nun ausfüllte, war eine große Güte und Herzlichkeit.

Daraufhin nahm ihn Ugur bei der Hand: „Schau," sagte er. „Siehst du die Dächer meiner Ortschaft - die Giebel der Häuser?"

Doch Jan konnte keine Dächer sehen.

„Siehst du die Zinnen - den Aussichtsturm hinter der Siedlung?"

Doch Jan konnte keine Türme erkennen.

Ugur wandte sein Augenmerk auf die andere Seite hinter dem Gebirge. Er hob seinen rechten Arm und formte damit einen weiten Bogen.

"Immer wieder gab es Veränderungen, selbst an der Bauweise unserer Häuser. Auch mein Haus wurde neu angestrichen und ist nun altersgerecht umgebaut worden."

Er kicherte, „Dabei wäre das gar nicht nötig gewesen. Ich bin noch ganz gut beisammen, aber ein Haus, das sich nicht ständig verändert, ist tot."

Nach diesen Ausführungen meinte er:

„Jetzt ist es nicht mehr weit."

Besaß Ugur eine unsichtbare Zauberbrille? Jan jedenfalls starrte zum Horizont und konnte nichts erkennen, was nur annähernd an eine Ortschaft erinnern könnte.

Weit und breit sah er lediglich eine grüne Ebene, die sich an den Berg anschmiegte.

Als könne Ugur seine Gedanken lesen, fuhr er fort: „Es ist keine Zauberbrille, sondern der Gleichklang unserer Herzen ist es, der verzaubern kann.

Wer dies einmal erlebt hat, der versteht: Alles ist möglich."

Da er aber offenbar nur auf Unverstand stieß, versuchte er es weiter: „Wir haben für alle möglichen Lebensbereiche Strategien entwickelt. Die Formel bleibt immer gleich, jedoch gibt es viele Möglichkeiten es darzustellen - es zu erklären:

Bleibe gelassen und beginne stets mit dem Einfachsten."

Die Verständnislosigkeit von Jan breitete sich weiter aus.

„Ich werde mal ein Beispiel machen", versuchte der alte Mann sich erneut zu erklären, „damit du mich vielleicht verstehst. Wenn wir keinen Schlaf finden, weil unser Geist in Unruhe ist, dann lassen wir halt nur den Körper schlafen. Wie das geht? Nun wir bedecken ihn mit schweren Decken und bewegen ihn nicht mehr." „Und das ist alles?" Jans Begriffsmangel war nicht zu überbieten.

„Irgendwann wird dies selbst dem Geist zu langweilig werden, und er schaltet sich von alleine ab. Aber ich merke schon, ich langweile dich mit meinem Geschwafel."

Jan. noch vollgestopft mit gut gemeinten Ratschlägen aus seiner Kinderzeit, tat daher die neuen Belehrungen als „Kinderkram" ab. Jedoch irgendetwas hielt ihn davon ab, es laut auszusprechen, obwohl enorme Zweifel in ihm hoch kochten.

Sprach so die Weisheit eines alten Mannes?

Wohl eher nicht, denn das war doch sehr eigentümlich.

Danach kramte der Alte in seinem Rucksack, den er lose um seine Schultern gehängt hatte. Mit den Worten: „das ist mein Geschenk für dich", zog er einen glänzenden Gegenstand hervor - eine alte Taschenuhr. Zum Glück keine Digitaluhr, folgerte Jan mit einem flüchtigen Blick auf das blanke Ziffernblatt. Es gab drei Zeiger, aber Ziffern? Fehlanzeige. Demzufolge tickte sie auch nicht. Eine richtige Uhr musste hörbar ticken, da war er ganz altmodisch. Er mochte keine leblosen Dinger - igitt! Außerdem war die Uhr nicht rund oder eckig wie eine normale Uhr, sondern ein wenig oval, dazu so verbeult, als hätten Generationen von Kindern schon damit Fußball gespielt. Jan liebte alte Uhren, aber das hier? Nein! Wollte der Alte ihn für dumm verkaufen, oder besaß diese Uhr vom Material her irgendeinen Wert. Immerhin glänzte und funkelte sie in der Farbe eines Bernsteins, wenn man sie ans Licht hielt.

Dafür erzählten zahlreiche kleinere Knubbel von vielfältigen Abnutzungserscheinungen.

Unverwandt heftete Ugur seinen Blick auf ihn, so als würde er durch ihn hindurchsehen wollen.

„Genau wie deine Erde", meinte er abschließend und wies mit dem Finger auf die Uhr.

„Meine Erde?"

„Nun, das ist auch keine runde Sache - glaube ich zumindest", gab er leicht belustigt von sich.

Unsicher durchforstete Jan die Gesichtszüge seines Großvaters und stellte fest, dass es um seine Lippen herum verdächtig zuckte, so als wollten diese gleich losquieken vor Vergnügen. Er versuchte zu lesen, was sich hinter der zerfurchten Stirne verbarg, doch es gelang ihm nicht.

Ugur wiegte seinen Kopf, und die folgenden Worte flossen gedankenvoll, wenn auch ein wenig traurig über seine Lippen: „Du hast nach deinen Wurzeln geforscht, nun die mögen hier sein - in meiner Welt - bei den Eiua's.

Das ist auch gut so. Doch du gehörst auf die Erde, und wenn du fest geerdet bleibst, wirst du das Glück auf deinem Planeten finden."

Jans Gesicht erhellte sich: „Das habe ich bereits gefunden - mein Glück", war seine postwendende Antwort.
„Ich bin sehr glücklich."
„Du bist ein Kind der Erde",
erwiderte Ugur schlicht und offenherzig.

Hinter der Stirne von Jan begann es zu arbeiten, und er verstand, dass es irgendwann immer den einen ganz bestimmten Augenblick gibt, in dem Entscheidungen fallen. Manchmal geschieht es im Bruchteil eines Wimpernschlages. Dann ändert sich nicht nur die Richtung, sondern manchmal sogar die komplette Sichtweise auf Menschen und auf Sachen.
In dem gleichen Augenblick beschloss er, die Taschenuhr in Ehren zu halten. Und sogleich, unmittelbar nach dieser Entscheidung spürte er die starke Verbundenheit zu seinem Großvater. Und als würde Ugur durch seine Gedankenwelt geistern, nahm ihn dieser daraufhin fest in den Arm. „Warte hier eine Weile", sagte er beinahe zärtlich. „Ich werde schon mal vorausgehen."
"Lass mich nicht allein", bat Jan tonlos, und er fühlte sich dabei wie ein unmündiges Kind,
„denn ich kenne den Rückweg nicht."
Ugur versuchte ihn zu beschwichtigen.
„Glaube mir, du wirst dich nicht verirren, denn ab jetzt werde ich Tag und Nacht auf dich aufpassen."
Daraufhin machte sich der alte Mann bereit zum Abstieg. Er bewegte sich langsam und bedächtig den Berg hinab.

Nur noch einmal drehte er sich um und sah zu seinem Enkelsohn herauf.

„Du darfst mir immer vertrauen", rief er ihm fröhlich zu.

Und noch einmal lauschte Jan dieser sonoren Stimme, die sich bereits in seinem Innersten eingegraben hatte, doch jählings verschwand die Gestalt seines Großvaters im Nebel. Unbeweglich, wie angewurzelt verharrte Jan auf dem Gipfel und beobachtete, wie sich im gleichen Augenblick die Bergwiese in ein buntes Blütenmeer verwandelte.

Und irgendwann - nur eine Weile später - begab er sich wie in Trance auf seinen einsamen Weg, der ihn zurück nach Hause führen sollte.

Die Gegend wurde ihm mit jedem seiner Schritte vertrauter. Voller Freude hierüber, und mit der Unbeschwertheit eines jungen Fohlens sprang er von Stein zu Stein, hüpfte über Geröll und Straßenschotter und erreichte im frostigen Morgendunkel die bekannte Allee. Trunken vor Begeisterung beschleunigte er noch einmal seinen Marsch und begann sogar eine Melodie zu pfeifen. Schon bald entdeckte er die Sitzbank in der Nähe der Tankstelle - genauso wie er sie verlassen hatte.

Er fröstelte. Wie selbstverständlich zog er seine warmen Schuhe unter der Bank hervor. Dann ergriff er die Papiertüte und wärmte sich die Hände an den noch warmen Backwaren. Augenblicklich nahm er ein leises Geräusch aus seiner Jackentasche wahr, ein gleichmäßiges Ticken. Er horchte, und einem ersten Impuls folgend zog er die Taschenuhr hervor, die ihm sein Großvater geschenkt hatte. Sein Blick fiel auf das Zifferblatt, wo jetzt deutlich sichtbare Zahlen zu erkennen waren.

Gebannt beobachtete er, wie sich der Sekundenzeiger drehte - in gleichbleibenden Kreisbewegungen. Es war keine Illusion. Die Uhr lebte, und sie zeigte auf Viertel nach fünf. Genau in diesem Moment erfasste er das Geheimnis:

ER HATTE DIE ZEIT ANGEHALTEN

Diese Erkenntnis zauberte ein feines Lächeln um seine Mundwinkel.
Neugierig untersuchte er die Uhr noch etwas sorgfältiger. Dabei stellte er fest, dass der bernsteinfarbene Deckel auf der Rückseite ganz einfach zu entriegeln war. Er klappte ihn auf. Dahinter verbarg sich ein Bildnis mit den vertrauten Gesichtszügen und den überaus hellen Augen, die an Freundlichkeit und Liebe nicht zu übertreffen waren.
Jan freute sich, denn er wusste, dass ihn diese gütigen Augen nun sein Leben lang begleiten würden.

Augenblicklich stand er auf. Gut gelaunt inhalierte er die frische Morgenluft und machte sich auf den Heimweg - hinein in einen ganz neuen Tag.

Plötzlich hatte er es sehr eilig…

Irene Rickert stammt aus dem Saarland.
Vor etwa drei Jahrzehnten begann sie mit dem Schreiben
von lyrischen Gedichten, veröffentlicht in diversen Anthologien.
Es folgten Erzählungen in moselfränkischer Mundart,
sowie Kurzkrimis und Geschichten für Kinder.
In den Jahren 2013 bis 2023 wurden
folgende Unterhaltungsromane veröffentlicht:

Change I und II
Land der Verzauberung
Hintermdeichhaus
Die Kladde
Zwölf Monate